Y0-CAX-744

*A

Los amigos de Eddie Coyle

George V. Higgins
Los amigos de Eddie Coyle

Prólogo de Dennis Lehane

Traducción de Montserrat Gurguí y Hernán Sabaté

LIBROS DEL ASTEROIDE ❇

Primera edición, 2011
Quinta edición, 2013
Título original: *The Friends of Eddie Coyle*
Publicado originalmente por Henry Holt and Company

Queda rigurosamente prohibida, sin la autorización
escrita de los titulares del *copyright*, bajo
las sanciones establecidas en las leyes, la reproducción
total o parcial de esta obra por cualquier medio
o procedimiento, incluidos la reprografía y
el tratamiento informático, y la distribución de
ejemplares mediante alquiler o préstamo públicos.

Copyright © 1970, 1971 by George V. Higgins

© de la traducción, Montserrat Gurguí y Hernán Sabaté, 2011
© del prólogo, Dennis Lehane, 2010
© de esta edición: Libros del Asteroide S.L.U.

Publicado por Libros del Asteroide S.L.U.
Avió Plus Ultra, 23
08017 Barcelona
España
www.librosdelasteroide.com

ISBN: 978-84-92663-44-6
Depósito legal: B. 33.860-2011
Impreso por Reinbook S.L.
Impreso en España - Printed in Spain
Diseño de colección y cubierta: Enric Jardí

Este libro ha sido impreso con un papel ahuesado,
neutro y satinado de ochenta gramos, procedente de bosques
correctamente gestionados y con celulosa 100 % libre de cloro, y ha sido
compaginado con la tipografía Sabon en cuerpo 11.

Prólogo

Tienes en tus manos la novela negra que cambió las reglas del juego de los últimos cincuenta años. Posiblemente sea también una de las cuatro o cinco mejores novelas negras jamás escritas. Proyecta una sombra tan alargada, que todos los que nos afanamos en el género conocido como *American noir* lo hacemos a su estela. Lo mismo nos ocurre a todos los que escribimos novelas ambientadas en Boston. ¿Cómo es posible que un libro tan breve, con descripciones mínimas y sin héroes, haya alcanzado el estatus de obra maestra moderna?

Empecemos por el título, *Los amigos de Eddie Coyle*. Eddie no tiene amigos. Eddie apenas tiene conocidos. Eddie es el estereotipo de hombre desafortunado, desamparado y desesperanzado del submundo criminal de Boston de los años setenta. Podría ser el peor guía porque anda con el agua al cuello. O, pensándolo bien, es el mejor guía, porque casi todos los que nadan en esa zona andan con el agua al cuello, motivo por el cual terminan en el noticiario de las diez o en chirona, cumpliendo de diez a doce años en el Bloque C, o con su foto colgada en la pared de una estafeta de correos. En el mundo de Eddie Coyle, nadie quiere fastidiar a nadie a propósito, pero las cosas ocurren de ese modo. Nadie se despierta con la intención de hacer algo malo o de herir a alguien; lo único que hace es buscarse la vida y, a veces, buscarse la vida significa dejar una importante estela de destrucción accidental. Pero no te inquietes, no es nada personal.

Los «amigos» que rodean a Eddie Coyle son Jackie Brown, un traficante de armas menos ingenioso de lo que él se cree; Dave Foley, el cruel agente federal; los atracadores de bancos Artie Van y Jimmy Scalisi; y Dillon, barman a tiempo completo y asesino a sueldo a tiempo parcial. Jackie le vende armas a Eddie, que se las pasa a Artie y a Jimmy, que las necesitan para atracar bancos en los suburbios meridionales de la ciudad. Eddie afronta una condena de cárcel y le gustaría librarse de ella. La única forma de lograrlo es proporcionar información sobre próximos delitos a Dave Foley, que no regala tarjetas para «salir de la cárcel» a cambio de nada. Dave utiliza a Eddie tanto, o incluso más, de lo que supone que Eddie lo utilizará a él. (Por cierto, en esta novela, todo el mundo utiliza a todo el mundo.) Cuando Foley presiona a Eddie para que consiga pistas cada vez más concluyentes sobre sus «amigos», Eddie intenta mantener una apariencia de lealtad. El problema está en que todos sus «amigos» saben que se le avecinan tiempos difíciles, así que les preocupa que hable con un tipo como Foley. Quizá lo más irónico y triste de todo sea que, mientras Eddie habla con Foley, no le cuenta demasiado, pero otra persona, de la que nadie sospecha, le va soplando información a Foley. Por desgracia para Eddie, solo sospechan de él; nadie sospecha que ese otro «amigo» sea un chivato. A medida que se acerca el día de su ingreso en prisión, la sospecha se convierte en un tornillo de banco que se cierra en torno a Eddie y cuyas mordazas están más frías y más próximas cada capítulo que pasa.

En casi todas las novelas, es fácil distinguir a los buenos de los malos. En este relato, el fallecido George V. Higgins se niega a introducir una moral fácil. Basándose en su propia experiencia como ayudante de fiscal, Higgins se aleja de los tópicos existentes sobre el verdadero submundo criminal, de la versión romántica que los lectores tenían en la cabeza antes de la publicación de *Los amigos de Eddie Coyle*. En el mundo de Higgins no hay gánsteres nobles que se dejan llevar por el sentido trágico, ni policías honrados obsesionados con la justicia. Se trata solo de tipos que fichan todos los días; para algunos, el trabajo es robar, secuestrar o, en el caso de Dillon, matar. Para otros, el trabajo es practicar detenciones o procesar a los sospechosos. En definitiva, son currantes y ninguno de ellos se acalora con el trabajo ni se preocupa por él, a menos que crea que alguien lo ha delatado. Hacia el final del libro, un personaje le pregunta a otro: «¿No se termina nunca esta mierda? ¿Es que en este mundo las cosas no cambian nunca?». Y el otro personaje responde: «Pues claro que cambian. No te lo tomes tan a pecho. Algunos nos morimos, los demás envejecemos, llega gente nueva, los antiguos se marchan... Las cosas cambian todos los días».

Esta es la carrera de locos en la que corre Eddie: un mundo sucio y sórdido de hombres sucios y sórdidos. Y si fuese solo eso lo que hay en esta novela —una visión hiperrealista y sin héroes de una sórdida subcultura criminal—, tal vez no habría alcanzado la categoría de hito clásico de la novela negra, pero todavía no hemos hablado de los diálogos. Ah, los diálogos… Constituyen más del ochenta por ciento de la novela y a nadie le importaría que fuesen el cien por cien. Nadie, antes o desde entonces, ha escrito unos diálogos tan escabrosos, divertidos, rayanos en la histeria, ni tan poderosamente auténticos. Ni siquiera Elmore Leonard, que cita esta novela como una de sus influencias primordiales, ni Richard Price, ni el mismo George V. Higgins, que pasó el resto de su carrera tratando de arreglar algo que no estaba roto, intentando refinar los diálogos en sus novelas posteriores con un error de cálculo fonético tal, que casi se convirtieron en una parodia de la maestría que demuestra aquí. Abre este libro por cualquier página y encontrarás una extraordinaria riqueza de la lengua hablada. A los personajes les encanta hablar; probablemente hablarían incluso con una silla. Por fortuna para nosotros, se tienen los unos a los otros para conversar. Y lo que a primera vista parece una novela de hampones haciendo cosas de hampones hasta que se les acaba el tiempo, pronto se revela como una delirante novela de costumbres, una brillante sátira de todos los vetustos clichés del género que la habían precedido. En muchas novelas, el diálogo es la sal y la trama es la comida. En *Los amigos de Eddie Coyle*, el diálogo es la comida. Y también es la trama, los personajes, la acción y todo el tinglado.

Lo que nos queda —después de todos esos diálogos insuperables, después del recorrido por los subterráneos más húmedos del mundo criminal, después de haber saltado del antihéroe al perdedor, pasando por el poli manipulador y un asesino tan banal y desapegado de lo que hace, que el único principio moral que encuentra en su corazón es el precio de un trabajo y no la naturaleza de este— es un retrato de las calles más realista que cualquiera que se haya escrito. Así, al final, Eddie Coyle se ha hecho unos cuantos amigos, la legión de lectores que lo consideran el mayor antihéroe trágico en los anales de la novela negra. Cuando terminen de leer este relato, levanten la copa y brinden por él. Va por ti, Eddie Coyle. En cuanto a su creador, no volveremos a leer a nadie como él.

DENNIS LEHANE

Los amigos de Eddie Coyle

Con cara de póquer, Jackie Brown, de veintiséis años, dijo que podía conseguir armas.

—Tendré tus pipas mañana por la noche, probablemente. Probablemente, pueda conseguirte seis. Mañana por la noche. Dentro de una semana o quizá diez días, otra docena. Tengo contactos con un tipo que va a llegar con diez como mínimo, pero ya he apalabrado cuatro con otro menda y las está esperando, ¿sabes? Tiene un trabajo que hacer. Así que, mañana por la noche, seis. Y otra docena dentro de una semana.

El tipo mazas estaba sentado frente a Jackie Brown y dejaba que se le enfriara el café.

—No sé si esto me gusta —dijo—. No sé si me gusta comprar material del mismo lote que otra persona, porque no sé qué hará con él, ¿comprendes? Si otra persona compra pipas del mismo lote y eso causa problemas a mi gente, también me los causará a mí.

—Comprendo —dijo Jackie Brown.

La gente que salía temprano del trabajo aquella tarde de noviembre pasaba ante ellos con paso apresurado. El tullido vendía el *Records*, molestando a la gente con sus gritos desde la plataforma rodante.

—No lo comprendes de la misma manera que lo comprendo yo —dijo el mazas—. Tengo ciertas responsabilidades.

—Mira —dijo Jackie Brown—, te digo que lo comprendo. ¿Sabes cómo me llamo o no?

—Lo sé —replicó el mazas.

—Pues ya está —dijo Jackie Brown.

—De ya está, nada —dijo el mazas—. Ojalá me hubieran dado cinco centavos por cada vez que he sabido cómo se llamaba alguien, de veras. Mira esto. —El mazas extendió los dedos de la mano izquierda sobre la mesa de formica de motas doradas—. ¿Sabes qué es esto?

—Tu mano —le espetó Jackie Brown.

—Espero que examines las pistolas con más atención que esta mano —dijo el mazas—. Mírate la tuya, maldita sea.

Jackie Brown extendió los dedos de la mano izquierda.

—Sí —dijo.

—Cuenta cuántos nudillos tienes, joder —dijo el mazas.

—¿Todos? —preguntó Jackie Brown.

—Oh, Dios —exclamó el mazas—. Cuenta todos los que te dé la gana. Yo tengo cuatro más. Uno en cada dedo. ¿Sabes cómo me salieron? Compré material a un menda, del que también sabía cómo se llamaba, y el material fue rastreado y al tipo lo condenaron a entre quince y veinticinco años. Los cumple en la cárcel de Walpole, Massachusetts, y sigue allí, pero tenía amigos, y ellos me hicieron unos nudillos nuevos. Me metieron la mano en un cajón y, luego, uno de ellos cerró el cajón de una patada. Me dolió del carajo. No tienes idea de lo que me dolió.

—¡Jesús! —dijo Jackie Brown.

—Lo que hizo que me doliera más —dijo el mazas—, lo que empeoró el dolor, fue saber lo que iban a hacerme, ¿comprendes? Estás allí y ellos te dicen que has cabreado a alguien, que has cometido un gran error y que ahora hay alguien chupando talego por ello y que no es nada personal, entiéndelo, pero tiene que hacerse. Ahora pon la mano ahí. Y tú piensas en no hacerlo, ¿sabes? Cuando era pequeño, iba a la catequesis y la monja me decía «Pon la mano», y las primeras veces que lo hice me pegó en los nudillos con una regla de borde metálico. Como lo oyes. Conque un día, cuando me dijo «Pon la mano», yo le dije «No». Y entonces me pegó con esa regla en la cara. Pues esa vez igual, salvo que estos tíos no están cabreados, no se cabrean contigo, ¿entiendes? Son tipos a los que ves constantemente, tipos que a lo mejor te caen mal o que no te caen mal, con los que has tomado una copa o has salido a buscar tías. «Eh, Paulie, escucha, no es nada personal, ¿sabes? Has cometido un error. La mano. No quiero tener que pegarte un tiro, ¿vale?» Así que pones la mano, la que tú quieras, yo puse la izquierda porque soy diestro y porque, como ya he dicho, sabía lo que iba a pasar, y entonces ellos te ponen los dedos en el cajón y uno de los mendas lo cierra de una patada. ¿Has oído alguna vez el ruido que hacen los huesos cuando se rompen? Es como cuando alguien parte una tablilla. Duele del carajo.

—¡Jesús! —dijo Jackie Brown.

—Exacto —dijo el mazas—. Llevé escayola casi un mes. Y cuando el tiempo es húmedo, todavía me duele. No puedo doblar los dedos. Así que no me importa cómo te llames ni quién me lo haya dicho. Del otro tipo sabía el nombre y mis dedos no ganaron nada con eso, maldita sea. El nombre de uno no basta. A mí me pagan para que sea cuidadoso. Lo que quiero saber es, ¿qué ocurre si se le sigue el rastro a una de las otras pistolas de este lote? ¿Tendré que empezar a mirar precios de muletas? Esto es un trato serio, ¿sabes? No sé a quién le has vendido antes, pero el menda dice que tienes armas para vender y yo necesito armas. Lo que hago es protegerme, ser astuto. ¿Qué pasa si el hombre que tiene cuatro le da una a alguien para que mate a un policía, joder? ¿Tendré que largarme de la ciudad?

—No —respondió Jackie Brown.

—¿No? —repitió el mazas—. De acuerdo, espero que no te equivoques en eso. Voy corto de dedos. Y si tengo que largarme de la ciudad, amigo, tú tendrás que largarte de la ciudad. Eso lo entiendes. Me lo harán a mí y lo que te hagan a ti será peor. Eso ya lo sabes.

—Ya lo sé —asintió Jackie Brown.

—Espero que sí —dijo el mazas—. No sé a quién le has andado vendiendo, pero estos tíos son otra cosa.

—A estas pistolas no pueden seguir el rastro —dijo Jackie Brown—. Te lo garantizo.

—¿Cómo es eso? Cuéntame —quiso saber el mazas.

—Mira —dijo Jackie Brown—, son pistolas nuevas, ¿me sigues? Solo las han disparado para probarlas. Pistolas nuevas sin estrenar, joder. Aligeradas. Martillo oculto. Percutor flotante. Se te pueden caer al suelo por la parte del martillo con una bala en la recámara y no pasa nada. Calibre 38 Specials. Buen material, te lo aseguro.

—Robado —dijo el mazas—. Los números de serie limados. Así me pillaron la otra vez. Las bañan en un líquido y el número vuelve a salir. Espero que tú trabajes mejor o ninguno de los dos podrá dar la mano a nadie nunca más.

—No —dijo Jackie Brown—. Tienen número de serie. Si detienen a un hombre con una de ellas, todo correcto, no hay problemas. No hay manera de saber que es robada. Es una pistola nueva sin estrenar.

—¿Con número de serie? —preguntó el mazas.

—Si comprueban el número de serie —respondió Jackie Brown—, sabrán que es un modelo de la policía militar, una pipa fabricada en 1951, enviada a Rock Island y nunca denunciada como robada, pero también hay una Detective Special sin estrenar. Y tampoco se ha denunciado su robo.

—Tienes un contacto en la fábrica —dijo el mazas.

—Tengo pistolas para vender —dijo Jackie Brown—. He hecho muchos negocios y he recibido poquísimas quejas. Puedo conseguírtelas con cañón de cuatro pulgadas y de dos pulgadas. Tú dime lo que quieres. Yo te lo entregaré.

—¿Cuánto?

—Dependerá del lote —respondió Jackie Brown.

—Dependerá de lo que yo esté dispuesto a pagar —replicó el mazas—. ¿Cuánto?

—Ochenta —respondió Jackie Brown.

—¿Ochenta? —exclamó el mazas—. ¿Seguro que has vendido pistolas alguna vez? Ochenta es demasiado. Estoy hablando de treinta pistolas. Puedo ir a una tienda y comprar treinta pistolas por ochenta dólares cada una, joder. Tenemos que afinar más el precio, ya lo veo.

—Me gustaría verte entrar en una tienda y encargar treinta cacharras —dijo Jackie Brown—. No sé quién eres ni qué te llevas entre manos y no necesito saberlo, pero de veras que me gustaría estar allí cuando le dijeras al dependiente que tus amigos te han encargado comprar las treinta pipas y que quieres un descuento. Vaya si me gustaría verlo. El FBI se te habría echado encima antes de sacar la cartera.

—Tiendas de armas hay muchas, ¿sabes? —dijo el mazas.

—No, para ti solo hay una —replicó Jackie Brown—. Puedo asegurarte ahora mismo que no hay nadie en un radio de doscientos kilómetros que pueda conseguirte un material como el mío y tú lo sabes. Así que ya basta de chorradas.

—No he pagado nunca más de cincuenta —dijo el mazas—. Y ahora no quiero pagar tanto. Tampoco es que tengas demasiados clientes que quieran comprar treinta. Y si estas van bien, vendré a comprar más. Estás acostumbrado a vender de dos en dos o de tres en tres. Por eso quieres dividirlas en tres o cuatro lotes.

—Mañana puedo vender cincuenta sin verte a ti el pelo —replicó Jackie Brown—. Más tuviera, más vendería. Me las quitan de las manos. Estoy seguro de que si me acercara a la iglesia a confesarme, el cura me impondría tres avemarías y me preguntaría, confidencialmente, si puedo procurarle algo ligero que llevar debajo de la sotana. La gente pierde el culo por las fuscas. La semana pasada hubo un tipo que se moría por una Python y yo le conseguí un gran Blackhawk de seis pulgadas, joder, un mágnum del 41, y se lo quedó como si fuera lo que había deseado toda la vida. Tendrías que haber visto al hijoputa con ese gran bulto debajo de la chaqueta, parecía que viniese de robar melones. Y una vez, un tipo me preguntó muy serio si podía conseguirle unas cuantas ametralladoras. Estaba dispuesto a pagar mil quinientos la pieza, todas las que pudiera obtener. El calibre ni siquiera le importaba.

—¿De qué color era? —preguntó el mazas.

—Era un buen tipo —respondió Jackie Brown—. No me sorprendería poder suministrarle algo dentro de unas semanas. Buen material, también. Unas cuantas M-16 en muy buen estado.

—No he entendido nunca que alguien quiera utilizar una ametralladora —dijo el mazas—. Si te trincan con una, es cadena perpetua, y una ametralladora solo sirve para combatir en una guerra, quizá. No puedes esconderla, no puedes llevarla en el coche y con ella no puedes hacer blanco en nada, a menos que no te importe destrozar un par de paredes para cargarte al tipo, lo cual es arriesgado. Las ametralladoras no me interesan mucho. Lo mejor que hay es una Smith de cuatro pulgadas. Eso sí que es un buen hierro. La levantas y va al lugar donde apuntas.

—Para mucha gente es demasiado grande —dijo Jackie Brown—. Hace una semana o así tuve un cliente que quería un par del 38 y se los conseguí y también un Colt de dos pulgadas. El Colt le pareció bien, pero la Smith lo puso nervioso: me preguntó si creía que iba a ir por ahí con una pistolera o algo así, joder. Pero se la quedó igualmente.

—Mira —dijo el mazas—. Quiero treinta pistolas. Me quedaré con las de cuatro pulgadas y las de dos, del 38. Me quedaré con un mágnum, si es necesario. Treinta pipas. Te daré mil doscientos dólares.

—Y un huevo —replicó Jackie Brown—. Tengo que sacar al menos setenta por cada una.

—Llegaré hasta los mil quinientos —dijo el mazas.

—Nos partimos la diferencia —dijo Jackie Brown—. Mil ochocientos.

—Antes tendré que ver el material —dijo el mazas.

—Pues claro —dijo Jackie Brown. Su expresión había cambiado. Ahora sonreía.

2

El batido de helado de fresa y el Charger R/T verde oscuro entraron en el campo visual del hombre mazas casi
simultáneamente. La camarera se alejó y él siguió con
la mirada el coche que circulaba despacio por delante
de las tiendas y se detenía en el extremo opuesto del
aparcamiento. Quitó el envoltorio a la pajita de plástico
y empezó a beber el batido sin prisa. El conductor del
coche no se había apeado.

El mazas pagó el refresco y le dijo a la camarera:

—¿Hay lavabo de hombres aquí?

Ella señaló hacia el fondo del local. El mazas recorrió
el estrecho pasillo trasero y pasó de largo ante la entrada
de los servicios. Delante tenía una puerta corredera
medio abierta que daba a un muelle de carga. Salió y se
agachó. Con un salto torpe, bajó al callejón. Doscientos
metros más allá había otro muelle de carga. Cuando
llegó a él, se encaramó y cruzó una puerta de metal con
un letrero en el que ponía: «SOLO MERCANCÍAS». Dentro
había un joven seleccionando lechugas. El mazas le ofre-
ció una explicación.

—Se me ha estropeado el coche ahí fuera, en la calle. ¿Hay un teléfono por aquí que pueda usar?

El joven dijo que había uno en los registros, en la parte delantera. El mazas salió del almacén por la puerta de delante y echó un vistazo general al aparcamiento. Cuando sus ojos se toparon con el Charger, empezó a caminar hacia él.

El conductor abrió la puerta del pasajero y el mazas montó.

—¿Hace mucho que esperas? —preguntó.

El conductor tenía unos treinta y cinco años. Llevaba botas de ante, pantalones de lanilla acampanados, jersey de cuello alto color paja y cazadora de cuero negro brillante. Llevaba el pelo largo y unas grandes gafas de sol con una gruesa montura plateada.

—El rato que has tardado en decidir que era seguro salir a verme —respondió—. ¿Qué demonios te ha llevado a elegir este lugar? ¿Has venido a la peluquería o algo así?

—Me han dicho que había rebajas de esquíes —dijo el mazas—. Vaya coche bonito que tienes. ¿Es de alguien que yo conozca?

—No creo —respondió el conductor—. Un tipo del oeste del estado lo utilizaba para transportar priva. Pobre hijo de puta. Lo pagó en efectivo y lo colocaron en el primer viaje. No entiendo cómo les sale rentable vender el material si tienen que comprar un coche nuevo cada vez que transportan una carga.

—A veces no los pillan —dijo el mazas.

—No sabía que también estuvieras al corriente de esos asuntos —dijo el conductor.

—Bueno, no lo estoy —replicó el mazas—, pero, de

vez en cuando, uno oye cosas, ¿sabes? La gente es descuidada.

—Lo sé —asintió el conductor—. La semana pasada, por ejemplo, oí que tenías que comparecer ante el juez en New Hampshire el 15 de enero y yo me dije, ¿dónde habrá planeado Eddie pasar el Cuatro de Julio?

—Por eso me interesan los esquíes —dijo el mazas—. He pensado que si tengo que subir allí arriba, será mejor que aproveche y lo disfrute en plan fin de semana. Para entonces tendremos nieve, ¿no?

—Me parece que ya la tenemos ahora —respondió el conductor.

—Porque estaba pensando que, si lo hacemos —prosiguió el mazas—, podrías apuntarte al fin de semana. Con esas ropas que gastas y ese coche, seguro que triunfarías.

—Y luego, el martes, podríamos bajar juntos en coche a la comparecencia —dijo el conductor.

—Exacto —asintió el mazas—. Sería una excursión agradable. Te daría la oportunidad de saludar a todos tus viejos amigos de allá arriba. ¿Y a qué te dedicas ahora, a cazar maricas?

—No, me han puesto en Narcóticos —respondió el conductor—. De momento, lo único que he pillado es maría, pero me dicen que hay hachís rulando por los locales más de moda y me han tomado prestado para que lo investigue.

—Pero todavía te interesan las ametralladoras, supongo —dijo el mazas.

—Pues claro —replicó el conductor—. Siempre me han interesado mucho las ametralladoras.

—Ya me lo imaginaba —asintió el mazas—. Me dije «El

viejo Dave es un tipo digno de confianza. Me pregunto qué andará haciendo ahora, si se acuerda de los viejos amigos y de las ametralladoras». Por eso te he buscado.

—¿Qué viejos amigos? Ponme un ejemplo.

—Bueno —respondió el mazas—, por ejemplo pensaba en el fiscal de distrito de ahí arriba. Si no recuerdo mal, es un buen amigo tuyo.

—Has pensado que tal vez me gustaría tener la oportunidad de hablar con él —dijo el conductor.

—Pensé que merecía la pena preguntarlo —dijo el mazas.

—Ese es un viaje muy largo para ir a ver a alguien con quien puedo hablar por teléfono —dijo el conductor—. Sin embargo, si tuviera una razón poderosa...

—Verás —dijo el mazas—, en casa tengo mujer y tres hijos, así que no puedo permitirme más estancias en la trena, ¿sabes? Los chicos ya son mayores y van a la escuela y los otros chavales se burlan de ellos. Tengo casi cuarenta y cinco años, qué demonios.

—Esa es tu razón poderosa —dijo el conductor—. Ahora necesito una para mí. ¿Cuánto van a pedirte, cinco años?

—Mi abogado dice que dos o algo así —respondió el mazas.

—Tendrás suerte si solo te cae eso —dijo el conductor—. Si no recuerdo mal, llevabas unas doscientas cajas de Canadian Club en ese camión y ninguna era tuya. Pertenecían a un tipo que vive en Burlington, creo recordar; ya cometiste un error parecido.

—Te lo repito —dijo el mazas—. Todo fue una equivocación. Yo me ocupaba de lo mío y salía adelante lo mejor que podía, y entonces me llamó ese tipo. Sabía que estaba sin trabajo y me preguntó si podía conducir un camión para él. Eso es todo. A ese tipo de Burlington no lo conozco de nada.

—Ya entiendo lo que ocurrió —dijo el conductor—. Un hombre como tú, que vive en Wrentham, Massachusetts, recibe seguro un montón de llamadas para que conduzca un camión de Burlington a Portland, sobre todo cuando se sabe que nunca te has ganado la vida conduciendo un camión. Entiendo lo que ocurrió. Lo que me extraña es que el jurado no te creyera.

—Fue culpa de mi abogado —dijo el mazas—. Es idiota. No es tan listo como tú. No me dejó subir al estrado y contarles cómo había sucedido. Nunca supieron cómo fue toda la historia.

—¿Y por qué no has recurrido? —quiso saber el conductor.

—Lo pensé —respondió el mazas—. Incompetencia del abogado. Conozco a un tipo que salió libre con eso. Lo que pasa es que no tengo tiempo para llenar los papeles. Conozco a un tipo que lo hace, pero vive en Danbury, creo, y no tengo muchas ganas de verlo. En cualquier caso, me preguntaba si no habría otra manera más fácil de arreglar esto.

—Como que yo hable con alguien —dijo el conductor.

—En realidad, algo un poco más fuerte —dijo el mazas—. Pensaba más bien en que consiguieras que el fiscal hablase con el juez y le dijera que os he estado ayudando como un hijo de puta.

—Bueno, se lo diría —replicó el conductor—, pero es que no lo has hecho. Somos viejos amigos y todo eso, Eddie, pero me juego mi honor de *boy scout*. ¿Y qué voy a contarles de ti? ¿Que fuiste decisivo a la hora de recuperar doscientas cajas de Canadian Club? No creo que eso ayude mucho.

—Te he llamado unas cuantas veces —dijo el mazas.

—Y me has dado buena información, además —dijo el conductor—. Me cuentas que le van a disparar a un tío y, al cabo de un cuarto de hora, le disparan. Me cuentas que unos mendas están planeando un palo a un banco, pero no me lo dices hasta que ya están saliendo por la puerta con el dinero y lo sabe todo el mundo. Esto no es una colaboración, Eddie. Tienes que poner toda el alma en ello. Hasta he oído, maldita sea, que no estás siendo del todo sincero conmigo. He oído por ahí que tal vez se cuece algo y tú estás metido en ello.

—¿Algo? ¿Como qué? —preguntó el mazas.

—Bueno, ya sabes qué pasa con lo que se oye por ahí. Yo nunca me encararía con alguien por algo que solo he oído por ahí. Me conoces bien y sabes que no lo haría.

—Bueno —dijo el mazas—, supón que habláramos de ametralladoras.

—... por cambiar de tema, más que nada —apuntó el conductor.

—Sí —asintió el mazas—. Supón que tienes un informador fiable que te pone sobre la pista de un caballero de color que ha comprado unas ametralladoras. Ametralladoras del ejército, M-16. ¿Tú querrías que un tipo así, que te ayuda de ese modo, fuera a la cárcel y avergonzara a sus hijos y eso?

—A ver cómo te lo explico —dijo el policía—. Si yo pillara esas ametralladoras y al caballero de color y al tipo que se las vende y si eso ocurriera porque alguien me hubiera puesto en el lugar adecuado en el momento oportuno, tal vez con una orden judicial, no me importaría decirle a quien fuese que el tipo que me puso allí está colaborando con el tío Sam. El caballero de color, ¿tiene amigos?

—No me sorprendería —dijo el mazas—. Lo que ocurre es que no me enteré de ello hasta ayer.

—¿Y cómo te enteraste? —inquirió el conductor.

—Bueno, ya sabes lo que pasa —dijo el mazas—. Entre una cosa y otra, hablas con alguien que dice algo y luego con otro que dice algo más y, cuando quieres darte cuenta, ya te has enterado de una historia.

—¿Y cuándo se supone que ocurrirá? —preguntó el conductor.

—Todavía no lo sé seguro —respondió el mazas—. Mira, estoy al loro, así que, en cuanto oiga algo, te lo diré. Tengo más cosas que averiguar, si crees que... Si crees que te interesa. Dentro de una semana, más o menos. ¿Por qué no te llamo?

—De acuerdo —dijo el conductor—. ¿Necesitas algo más?

—Necesito que me dejen en paz de verdad —respondió el mazas—. Me gustaría que no hubiera nadie pensando en mí con tanto interés. No quiero que me siga nadie. ¿De acuerdo?

—De acuerdo —dijo el conductor—. Lo haremos a tu manera. Me llamas cuando tengas algo, si lo tienes, y si yo tengo algo, lo presentaré al fiscal. Si no lo hago, puede pasar cualquier cosa. ¿Entendido?

El mazas asintió.

—Feliz Navidad —dijo el conductor.

Tres tipos corpulentos que llevaban cortavientos de nailon, camisas de lana a cuadros y una lata de cerveza Schaefer en la mano cada uno pasaron junto al mazas, camino de la Puerta A, al final del primer cuarto.

—No sé por qué vengo todas las semanas, joder —dijo uno de ellos—, de veras, no sé por qué vengo. Menudos hijos de puta, quince minutos y ya pierden de diecisiete puntos. Los de Buffalo los están machacando. Perdían de nueve y aposté por los Patriots porque creía que, por lo menos, no acabarían perdiendo por más. Mierda de partido...

Al cabo de unos minutos, un hombre con la tez enrojecida y la cara con marcas de acné se acercó al mazas.

—Has tardado lo tuyo en aparecer, ¿no? —le dijo el mazas.

—Oye —le respondió el otro—, esta mañana me he levantado y he llevado a los chicos a la iglesia y esos pequeños cabrones se han puesto a gritar tan fuerte que he tenido que sacarlos de allí. Luego, la parienta ha empezado con la cantinela de que nunca estoy en casa y de que nunca terminaré de pintarla y de que el coche está hecho una mierda de sucio y todo eso. Y al llegar aquí, no he encontrado sitio para aparcar, así que, ¿por qué no cierras la boca, joder? Hoy ya me ha dado la vara suficiente gente.

—En cualquier caso, es una mierda de partido —dijo el mazas.

—Lo sé —replicó el otro—. Lo he oído en la radio mientras venía. Estaban diez a cero cuando he aparcado.

—Pues ya son diecisiete —dijo el mazas—. Todavía no han marcado. El otro día, estuve hablando con Dillon en su local y le pregunté si alguien habría pactado algo con ellos. Y me dice, no, ¿qué demonios quieres amañar ahí? No tienen una defensa capaz de parar al rival ni tienen una línea de ataque que los ponga por delante, así que, ¿qué demonios se puede hacer?

—He oído algo sobre Dillon que no me ha gustado —dijo el otro.

—Lo sé —asintió el mazas—. Yo también lo he oído.

—Mira, esa noche Dillon estaba con Arthur y el Polaco, y he oído algo sobre un gran jurado, algo que no me ha gustado nada.

—Bueno —dijo el mazas—, no hay nada de lo que debas preocuparte. Tú no tuviste nada que ver.

—Que no tuviese nada que ver no importa —dijo el otro—. No me gusta verlos cerca de Arthur. La próxima vez que lo enchironen, tendrá que cumplir dos tercios de la condena como mínimo y lo pasa muy mal. Le da por pensar demasiado. Cuando estuvo en Billerica la última vez, dos de nosotros tuvimos que ir a verlo un par de veces para animarlo. Uno de los boqueras lo vio intimando con el capellán, lo que, por lo general, tratándose de Arthur, es todo un aviso. Casi se metió en problemas cuando pillaron a Lewis con ese material, pero no pudieron demostrar que lo había hecho.

—Arthur es un buen hombre —dijo el mazas.

—Cuando se trata de trabajar, Arthur es hermético como un pedo de palomita de maíz —dijo el otro—, pero si lo encierras y tiene demasiado tiempo para pensar, se vuelve peligroso. Se follaría a un perro con la escarlatina para obtener la condicional.

—Bueno, tú lo conoces mejor que yo —dijo el mazas—. A mí siempre me ha caído bien.

—En el trabajo, es insuperable, de eso no hay duda —dijo el otro—. Y yo no me metería en esto si Arthur no participara también. Si entras en un sitio y alguien empieza a ponerse nervioso, una cajera, por ejemplo, y todo el mundo se alborota, lo mejor es que lleves a Arthur contigo. Cuando está Arthur, nunca se dispara un tiro. Advierte a la gente que disparará si no hacen lo que les dice y todo el mundo obedece siempre. Le creen. Pone cara de hablar en serio, así que tú no tienes que hacer nada. Es después cuando debes preocuparte de él, y no es necesario que lo hagas a menos que lo metan en el talego por algo. Es un riesgo que hay que correr.

—Creo que tengo las armas que buscas —dijo el mazas.

—Y tienen buena pinta, ¿no? —preguntó el otro.

—Deberían tenerla —replicó el mazas—. He tenido que pagarlas a setenta la pieza. Sí, tienen buena pinta. Nuevas, a estrenar.

—Eso me gusta —dijo el otro—. No me mola andar por ahí con una pistola que no sé dónde ha estado antes. Nunca sabes qué va a pasar, te metes en un trabajillo cualquiera y algo sale mal y calculas que te caerán entre siete y diez años, depende de quién sea el juez, y cuando quieres darte cuenta, han seguido el rastro de esa maldita cacharra hasta un tipo que la utilizó para matar a alguien y te encuentras acusado de cómplice de asesinato. Ya es suficientemente peligroso sin ese tipo de riesgos.

—Eso mismo he pensado yo —asintió el mazas—. Por lo general, no pago tanto, pero si el material es bueno, probablemente valga ese dinero. Circula mucha mierda por ahí, ¿sabes? Un tipo me dijo que estaba hablando con un negrata acerca de un almacén que él tenía controlado. El local estaba en el barrio de los negros, ¿sabes?, y el tipo buscaba a alguien que pudiera sentarse en un coche y no pareciera fuera de lugar. Dinero en efectivo, cien pavos por sentarse en el coche, mil si conseguían lo que buscaban. No podía fallar, decía. Televisores en color, máquinas de coser, estéreos portátiles, ese tipo de cosas. Un material de primera, que se coloca enseguida. Así que le dice a ese negrata grande que tendrá que llevar pistola y el tipo dice «de acuerdo, sé dónde puedo pillar una buena cacharra».

»Así que lo recogen y se encaminan a buscar el camión y eso y el tipo me dice que le dijo "Por cierto, supongo que te has agenciado una pistola", y el negrata dice que sí y saca su bolsa de la compra y ¿sabes lo que llevaba allí? Una de esas máuseres alemanas, una pistola ametralladora, de esas que le acoplabas una cartuchera culata de madera y podías usarla como un rifle, ¿recuerdas? Un arma preciosa. Así que se quedaron todos muy impresionados. Y conduciendo por la autovía de Lynn, creo que era por allí, el tipo le pregunta "¿Y está cargada?", y el negrata dice que no, que la va a cargar en aquel momento y le mete el cargador y entonces se dispara entero, tatatatá, un puñado de balas de nueve milímetros volando dentro del coche y la gente saltando literalmente por las ventanillas. Así que tuvieron que olvidarse del palo y deshacerse del coche, claro. Nadie resultó herido, pero al día siguiente el tipo vuelve a controlar el almacén y encuentra los camiones del distribuidor aparcados en el exterior. "No me había cabreado tanto en toda la vida", me dijo. "¿Sabes lo que tienen ahora allí? Tienen mantas. Toneladas y toneladas de mantas, joder, y en cambio, habría podido tener un millón de dólares en televisores si no fuera por ese estúpido negro de mierda y su maldita pistola. No confíes nunca en un negrata", me dijo, "no confíes nunca en ellos, y punto. Te joderán siempre."

—No me gustan las automáticas —dijo el otro—. Una vez tuve una y la desenfundé, apunté al tipo y, por suerte para mí, el tipo se quitó de en medio. Luego pensé, bueno, ya que he desenfundado, estaría bien probarla, y no tenía ni una bala en la recámara. Con esas cacharras, nunca se sabe. Si el tipo me hubiese atacado, yo me habría quedado allí disparándole en vacío mientras él me volaba la tapa de los sesos. Cuando necesitas la pipa, no tienes tiempo de cargarla, eso es lo que pasa, y no he conocido a nadie que utilizara una regularmente y que, tarde o temprano, no se encontrara en una situación apurada porque la jodida cacharra se te atasca cuando más la necesitas. Quiero un revólver, joder.

—Entonces, tengo lo que buscas —anunció el mazas—. Tengo ocho. Cinco Smith, un Colt Python y dos Ruger. Los Ruger son mágnums 41. El mágnum ese parece un cañón, joder. Tiene una boca grande como el túnel

Sumner. Con uno de esos, puedes atracar un banco tú solo.

—Los Smith, ¿de qué calibre son? —preguntó el otro—. Del 38, espero. No creo que pueda obtener munición para el 41.

—Tres de ellos son del 38 —respondió el mazas—. Los otros dos son 357, aunque eso no es que importe. Los mágnums tienen unas buenas ranuras de ventilación. Mira, si necesitas munición para lo que sea, también puedo conseguírtela.

—De momento, los 38 me convencen —dijo el otro—. Y si me consiguieras munición para los 357 y los 41, te lo agradecería. ¿Qué va a costarme todo ello?

—El precio habitual —respondió el mazas—. Todas las fuscas a ciento cincuenta. Cada una, quiero decir. Y la munición va por mi cuenta porque eres un buen cliente y esas cosas.

—Ciento veinte —dijo el otro—. Es lo justo.

—De acuerdo —dijo el mazas—. Y ahora, ¿todavía quieres el resto de lo que me has encargado? Quiero decir que, a principios de la semana próxima, tendré diez más. Y luego... bueno, dijiste que querías treinta. Imagino que el resto lo tendré antes de final de mes.

—Pues claro —respondió el otro—. Me interesa todo lo que puedas conseguir. El lunes, necesitaremos cinco como mínimo, tal vez más, si Arthur decide contratar a gente suficiente para hacer bien el trabajo. Y siempre me gusta llevar un par más en el coche, ¿sabes? Si usas una para dar el palo, puedes limpiarla y tirarla al río, y sigues teniendo algo a mano. Así que, si todo sale bien, el lunes por la noche nos habremos deshecho de las ocho que me has conseguido y eso significará que necesitaré el próximo lote enseguida.

—Entonces, tengo una semana —dijo el mazas.

—Mira —dijo el otro—, a menos que pueda convencer a Arthur de que actúe con sensatez, tienes un año. Ese estúpido hijo de puta no quiere desprenderse de las armas. Les coge apego. No sé cuántas veces le he dicho que se deshaga de una pipa y siempre dice «No, por esta pistola he pagado cien pavos», o lo que haya pagado, «y ni siquiera la he usado. No hay razón para tirarla». Y ahí lo tienes, con diez u once mil en el bolsillo. Y resulta que después del palo de Lowell lo colocan y, como lleva una pipa encima, ni siquiera tienen que probar que estaba en lo de Lowell y le caen tres años o así por tenencia ilícita de armas. Y luego se ríen de él. Es el hijo de puta más rácano que he conocido en la vida. Pero creo que salió con la lección aprendida. Cumplió, ¿cuánto, veinte meses?, por una pistola que le había costado cien dólares. Ahorró cinco dólares al mes. Con cinco dólares al mes puedes pagar la luz y encima Arthur va a la cárcel. Es un idiota, joder. Pero bueno, creo que podré utilizar el lote de treinta antes de Navidad, así que, adelante.

—De acuerdo —dijo el mazas—. ¿Y cuándo las quieres? No será mañana, ¿verdad?

—¿Y cuándo las voy a querer? ¿Dentro de una semana? —preguntó el otro—. Pues claro que me gustaría recogerlas si pudiera ser mañana.

—¿En el mismo sitio? —quiso saber el mazas.

—Creo que ese sitio, mañana, me quedará un poco a trasmano —respondió el otro—. Tengo que ir a otro lugar. ¿Sabes qué? Yo te llamo y tú vienes a verme. Cuando te llame, te diré dónde estoy.

—No tenía pensado quedarme en casa —replicó el mazas.

—De acuerdo —dijo el otro—. En cuanto sepa dónde estoy, llamaré a Dillon, y le diré que le he dicho a mi mujer que voy a estar allí y le pediré que si ella llama, le diga que he salido y que ya me dirá que la llame. Entonces él me llamará y me dirá que ella ha llamado. Yo dejaré un número. Lo haré antes de las nueve. Tú llamas al bar de Dillon y le dices que me has llamado a casa y que mi mujer te ha dicho que estaba en el bar de Dillon: él no desconfiará y te dará el número y podrás llamarme y nos encontraremos en algún sitio. ¿De acuerdo?

—Espero que la chica sea guapa —dijo el mazas—. Si montas todo este lío para que tu mujer no sepa dónde estás, espero de veras que sea guapa, solo digo eso.

4

—¿Te acuerdas de Eddie Dedos? —preguntó Dave—. Eddie Coyle. Un tipo al que le jodieron la mano después de que enchironasen a Billy Wallace una larga temporada por una pistola que vete a saber a quién compró. Se metió en un lío enorme en New Hampshire por conducir un camión con priva que no era suya, hace un año más o menos.

—¿El atracador de bancos? —preguntó Waters—. ¿El de Natick?

—Ese es su compinche —dijo Dave—. Artie Van. Arthur Valantropo. Eddie no atraca bancos, es un ladrón de poca monta. No le van las movidas violentas, aunque supongo que si tuviese una racha de mala suerte, sería capaz de intentar casi cualquier cosa.

—Yo pensaba en otro tío —dijo Waters—. También es colega de Artie Van. A Artie lo entalegaron por tenencia ilícita de armas y ese tío subía a verlo con mucha frecuencia. Parecía que hubiese tenido la viruela o algo así.

—Eso no me dice nada —replicó Dave.

—Tiene apellido italiano —dijo Waters—. Ya me acordaré. Ahora solo se me ocurre Scanlon, pero estoy seguro de que no es ese.

—Sí —dijo Dave—, vale, el otro día me llamó Coyle y fui a verlo.

—Creía que te habíamos prestado a Narcóticos —dijo Waters.

—Sí —respondió Dave—, y nunca podré agradecéroslo bastante, pero, como me abordó ese Coyle, pensé que quizá tenía algo que contarme sobre drogas.

—Mierda —dijo Waters.

—Para mí fue una decepción grande —dijo Dave—. Ya se lo dije.

—¿Y qué quería? —preguntó Waters.

—Tiene que comparecer en New Hampshire después de Año Nuevo —respondió Dave.

—Y quiere buenas referencias —dijo Waters.

—Eso era lo que tenía en mente —dijo Dave—. Lo que dijo que tenía en mente.

—¿Y tiene algo que ofrecer? —inquirió Waters.

—Militantes negros —respondió—. Dice que sabe de un grupo que está comprando ametralladoras.

—¿Y tú te lo crees? —preguntó Waters.

—Creo que me decía la verdad —respondió Dave—. Me refiero a que creo que lo que decía era verdad. Y dijo que no sabía mucho más y también me lo creo; por lo menos, sobre ese asunto.

—Probablemente, no haya mucho que saber —replicó Waters—. No he visto nunca tantos delatores de militantes negros como desde que empezamos a detener a algún mafioso de vez en cuando. Los Panteras son lo mejor que le ha ocurrido nunca a la mafia, por lo que hace a la *famiglia*. Te entregan diez negratas a cambio de un espagueti sin pensárselo dos veces. Me encanta.

—Tiene sus ventajas —dijo Dave—. Prefiero ver a los mafiosos delatando a los Panteras que verlos haciendo negocios con ellos.

—Se dice que ya los están haciendo —dijo Waters.

—No creo —dijo Dave—. Por aquí, no, al menos. No dudo de que beban en los mismos abrevaderos, pero no trabajan juntos. De momento. Los mafiosos son unos racistas, ¿sabes?

—Scalisi —dijo Waters—. El tipo que se junta con Artie Van es Jimmy Scalisi. Un tipo duro, un hijoputa malo de verdad. Dolan y Morrissey, de la policía estatal de Concord, intentaron que Artie Van hablara, cuando estaba en esa granja de ahí arriba, en Billerica, y Artie iba a cantar, pero, de pronto, Scalisi y otros amigos subieron a verlo y, desde ese momento, Artie no volvió a decir ni mu. Imagino que Scalisi es una especie de experto con la pistola.

—Eso fue lo que me hizo pensar —dijo Dave—. No sé si Eddie Dedos me dice todo lo que sabe sobre los militantes o no. Sabe que soy poli y sabe, por supuesto, que soy poli federal, así que tiene que imaginar que tengo querencia por los Panteras. En realidad, no ha mencionado nunca a los Panteras, pero Eddie no es idiota. Se trae algo entre manos. Lo que me pregunto es si lo único que se trae es obtener una recomendación del gobierno para cuando comparezca en New Hampshire. Me parece que no.

—¿Por qué? —preguntó Waters.

—¿Cómo se ha enterado Eddie Dedos de que hay un negro que quiere comprar ametralladoras? —dijo

Dave—. ¿Se junta con negros? No es su estilo. Así que, ¿quién más está implicado? Alguien que vende ametralladoras. Ahora bien, ¿por qué se juntaría Eddie Dedos con un tipo que vende ametralladoras?

—Porque Eddie Dedos también está intentando hacerse con armas —dijo Waters.

—Exactamente —dijo Dave—. A Eddie no le gustan las ametralladoras, pero no es la primera vez que se ha metido en este negocio, el tráfico de armas. Fue en una de esas cuando le machacaron la mano. Quizá Eddie haya vuelto a las andadas. Creo que habla conmigo porque, si alguien lo ve metido en el negocio, no pasará nada: creerá que trabaja para nosotros.

—Merecería la pena pillar al tipo con el que hace negocios —dijo Waters—. Como mínimo está armando a la mafia y quizá también a los Panteras. Me gustaría echarle un vistazo. ¿No podríamos poner a alguien a seguir a Eddie Coyle?

—Pues claro —respondió Dave—, pero al cabo de cinco minutos lo descubriría. Eddie no es el tipo más valiente del mundo, pero no es idiota y es muy cuidadoso. Esa no es la manera de hacerlo.

—¿Y cuál es la manera de hacerlo? —preguntó Waters.

—Lo primero es librarme de este trabajo de Narcóticos en el que me habéis metido —respondió Dave—. Nadie debería poner demasiadas objeciones. De momento, lo que he descubierto podría averiguarlo un estudiante de instituto una cálida tarde de verano.

—Veré lo que puedo hacer —dijo Waters—. Supón que sales de ahí. ¿Qué harás entonces?

—Eddie Coyle es un animal de costumbres —respondió Dave—. Trabajaré partiendo de eso.

5

Diez kilómetros al este de Palmer, la Ruta 20 dobla hacia el norte en lo alto de una colina y luego discurre hacia el sur a partir de un área de descanso situada en un pinar. A última hora de la tarde, un joven con barba de dos días detuvo su Karmann Ghia de color dorado en la gravilla del aparcamiento, apagó los faros y se quedó esperando mientras su aliento se condensaba en la cara interna del parabrisas y la escarcha se posaba sobre el metal.

Ya de noche, Jackie Brown salió con su Roadrunner de la autopista de peaje de Massachusetts en Charlton, circuló a toda velocidad por las curvas de la rampa de salida y luego tomó enérgicamente la Ruta 20 hacia el oeste. Llegó al área de descanso un cuarto de hora después que el joven del Karmann Ghia. Aparcó, apagó el motor y esperó cinco minutos. El intermitente de la derecha del Karmann Ghia destelló una vez. Jackie Brown se apeó del coche.

Dentro del Ghia había un fuerte olor a plástico, petróleo y pintura.

—Menos mal que me dijiste que tenías un coche nuevo. De otro modo, no te habría reconocido. ¿Qué le ocurrió al 396?

—Me llegó el recibo de la aseguradora —dijo el de la barba—, luego salí a dar una vuelta y tuve que llenar el maldito trasto y me costó nueve dólares de superpremium y dije, al carajo con él. Ese maldito coche me estaba sangrando.

—Pero iba rápido como un pájaro con una llama en el culo —dijo Jackie Brown.

—Estoy haciéndome demasiado viejo para eso, joder —replicó el de la barba—. Me parto la espalda todos los días para llevar a casa ciento setenta pavos a la semana y no puedo permitirme mantener el carro. Estoy pensando en casarme y sentar cabeza.

—Eso es casi lo que has estado ganando conmigo —dijo Jackie Brown.

—Mierda —dijo el otro—. Los últimos seis meses me has dado a ganar tres mil setecientos dólares. Me los he gastado como si nada. Tenía que dejarlo. Si sigo con esto, acabaré en chirona sin darme cuenta.

—De acuerdo —dijo Jackie Brown—. Tienes una mala noche. Lo único que quiero saber es si tienes el material. Yo tengo la pasta.

—Tengo dos docenas —respondió el de la barba. Se volvió y cogió una bolsa de la compra del portaequipajes situado detrás de los asientos—. Casi todas son de cuatro pulgadas.

—Me parece bien —dijo Jackie Brown—. Tengo el dinero aquí. Cuatrocientos ochenta, ¿verdad?

—Sí. ¿Cómo es que te parece bien que sean de cuatro pulgadas? Hace seis meses, llorabas y te quejabas si te traía algo que no fuese de dos pulgadas. Y ahora, de repente, ya no te importa. ¿Cómo es eso?

—La clase de negocio que tengo ahora es mejor —respondió Jackie Brown.

—¿Con quién tratas, joder? —preguntó el de la barba—. ¿Estás compinchado con la mafia o algo así?

—Te lo diré claro —respondió Jackie Brown con una sonrisa—. Sinceramente, ya no lo sé. Tengo al negro que viene a menudo, pero va corto de pasta y, además, no puedo darle lo que quiere. Lo que él quiere tengo que pedírselo a otro. Y luego está el tipo mazas, tendrá unos treinta y seis o treinta y siete años, y que no tengo ni idea de a qué se dedica. Parece irlandés, maldita sea, pero ni siquiera sé cómo se llama. Quiere hacerme creer que se llama Paul, pero no estoy seguro. Ese hijo de puta se quedaría con todas las pipas que le pudiese conseguir. No he visto nunca a nadie tan loco por las armas. De cuatro pulgadas, de seis pulgadas, del 38, mágnums, del 41, del 44, del 45, lo que quieras. Se quedará con lo que sea, pagando con dinero contante y sonante. Ese hijo de puta compraría doce pistolas a la semana y todavía vendría a suplicar que le vendiera más. Y, ahora que lo dices, me inclinaría a pensar que está compinchado con la mafia, pero él no me lo dirá y yo no se lo preguntaré. Lo único que me interesa es que pague en dinero americano. Lo mismo que el negro. El fin de semana estuve en Nassau y me comí el caramelo de café con leche más dulce con el que hayas soñado nunca y quien lo pagó fue ese tipo mazas hijo de puta que me lo compraría todo. Me parece estupendo. Por mí, como si trabaja para el Ejército de Salvación, si quiere. Me la trae floja. Mientras siga viniendo con dinero, me vale.

—Te van bien las cosas con la mercancía que yo te traigo —dijo el de la barba.

—Te doy veinte dólares la pieza por un hierro que no vale una puta mierda —dijo Jackie Brown—. No me quejo nunca. No te molesto en absoluto. Sé en qué te fundes el dinero, lo sé muy bien, pero, mientras puedas funcionar, a mí me da lo mismo. Si mi culo va a parar a la trena por tu culpa, encenderé la llama debajo del tuyo. Solo con lo que haces por tu cuenta, podrían caerte diez años. Lo que haces para mí es un suplemento y lo sé. Pero para ti, es un suplemento de puta madre, joder. No lo olvides. Yo también tengo teléfono. Puedo llamar a la pasma de Springfield tan deprisa como tú llamas a la de Boston.

—Que te den por culo —dijo el de la barba.

—Nos veremos la semana próxima —dijo Jackie Brown—. Quiero dos docenas como mínimo. Tendré el dinero.

6

Dillon explicó que estaba asustado.

—Si no fuera por eso, ayudaría, ¿sabes? —Estaba sentado en un banco de la plaza, bajo un insistente sol de noviembre, encorvado para protegerse el estómago—. Quiero decir que entiendo lo que te ronda por la cabeza. Estás dispuesto a protegerme, pero te diré una cosa: no puedes, no podrás de ninguna manera, porque nadie puede, ¿comprendes? Nadie. Este es un asunto en el que me he metido yo solo y tendré que salir de él por mis medios.

Foley no dijo nada.

Siete indigentes ocupaban su espacio habitual en la entrada del metro de la esquina de Boylston y Tremont. Seis de ellos estaban sentados con la espalda apoyada en el muro y discutían asuntos de importancia. Aunque estaban a pleno sol, llevaban abrigos y gorros y pesados zapatos gastados, en parte porque solían tener frío y, en parte, porque la memoria todavía les funcionaba lo suficiente como para saber que el invierno llegaría de nuevo y necesitarían la ropa de abrigo que no se atrevían a dejar en los edificios vacíos donde dormían. El más joven de los indigentes abordaba a hombres de negocios y a mujeres que iban de compras. Se movía con diligencia para tenerlos siempre delante, intentando obstaculizarles el paso para que lo escucharan. Es difícil no dar un cuarto de dólar a un tipo después de haber advertido su presencia y de haberlo escuchado un buen rato. No imposible, pero sí más difícil. El joven indigente todavía tenía agilidad para maniobrar y lograba recaudar más deprisa que los demás lo que costaba una botella de vinacho. Dillon lo observó mientras hablaba.

—Te diré lo que pasa —dijo—. Lo que más me preocupa es el camión. Sé que te parecerá un poco raro, porque supongo que crees que lo que debería preocuparme son los tipos del camión o un tipo al que ni siquiera conozco y que veo que me está mirando con mucho interés en la barra o algo así.

Al norte de la calle Tremont, detrás del puesto de información y de la fuente y el quiosco Parkman, un par de predicadores cristianos se trabajaba a un grupo no muy numeroso de oficinistas, secretarias y turistas. La mujer era alta y tenía un potente vozarrón que remataba con un megáfono. El hombre era bajo y se movía entre la gente, repartiendo folletos. El aire transportó las palabras de la mujer para que Dillon dejase de mirar a los indigentes.

—Hay una cosa extraña —dijo—. Cuando venía hacia aquí, he tomado más o menos el camino más largo para ver si había alguien más interesado y quién podría ser. Así que voy andando, cruzo la calle y vengo hacia aquí y paso por delante de esa pareja y la mujer dice «Si no aceptas a Jesús, que es Cristo Nuestro Señor, perecerás, perecerás en las llamas eternas».

»Pero ¿por qué tengo yo que ponerme a pensar en una cosa así, me lo puedes decir? —añadió—. Hace un par de semanas, vienen esos dos caballeros de Detroit y toman un par de copas y luego echan un vistazo al local y, al cabo de un momento, me informan de que vamos a ser socios. Me dan un poco de tiempo para pensarlo y, mientras lo pienso, hago unas cuantas llamadas. Así que cuando termina el plazo, ya tengo allí a seis o siete amigos míos y aprovecho la oportunidad para salir a coger un trozo de tubería que guardo por ahí. Les pego un par de buenos mamporros a los tipos y los arrojamos a la calzada delante de un taxi.

»Luego, anteanoche, vienen cinco de esos micmacs, indios de verdad, para variar, y toman un poco de agua de fuego y empiezan a romper muebles. Así que unos amigos y yo volvemos a usar la tubería con ellos.

»Y ahora, hace unos minutos, esa tía me grita lo de las llamas eternas y... Mira, yo me considero un tipo bastante inteligente y todo eso, sensato, me emborracho de vez en cuando, pero no sabes cuánto me gustaría plantarme ahí con ese trozo de tubería debajo de la chaqueta y decirle "Bueno, ¿y qué hago con esos tipos de Detroit, quieres decírmelo? Y también con los indios. ¿Jesús me va a castigar por eso?". Y luego arrearle a la mujer un par de veces en la jeta para que recupere la cordura.

El mendigo joven había acorralado a un ejecutivo de mediana edad y algo corpulento en medio del paseo, pero tenía espacio abierto a su alrededor.

—Te digo una cosa —prosiguió Dillon—. Ese chico de allí tal vez esté jodido y pirado, pero tiene buenos movimientos. Parece haber sido jugador de baloncesto.

»En cualquier caso, todavía me queda algo de lucidez

y no llevo la tubería encima, así que no le he dicho nada ni le he arreado un par de mamporros como me habría gustado. Con esa gente no se puede razonar, ¿sabes? Tienen metida esa idea en la cabeza y lo único que hacen es plantarse ahí y chillarte el Evangelio hasta que pierdes la poca mollera que te queda.

»Conocí a un tipo, lo conocí cuando estuve en Lewisburg por aquel marrón federal, hace tres o cuatro años. No recuerdo por qué estaba él, no sé si por robo con allanamiento en un edificio federal o por un palo a una estafeta de correos. En cualquier caso, no es un mal tipo. Es grande, había boxeado un poco. Es de New Bedford o por ahí. Así que nos hicimos amigos.

»Yo salí antes y volví aquí. Le dije dónde podría encontrarme, así que, cuando le dieron la condicional, volvió a casa, a vivir con su mujer y su madre, pero sabía dónde encontrarme si me necesitaba. Y no pasó mucho tiempo hasta que me necesitó. Porque esas dos mujeres se propusieron volverlo del todo majara. Unas portuguesas estúpidas, ¿sabes? Mientras él estaba en la cárcel no se les ocurrió otra cosa que decir que ya no querían ser católicas y que iban a ser, ¿cómo se llaman?, testigos de Jehová. Magnífico. El tipo vuelve a casa, conoce bien el negocio de la construcción, se busca un trabajo, cada noche vuelve a casa, hay partido o algo, y ellas quieren que salga a la acera y se ponga delante del supermercado a predicar a Jesús a cualquier pobre desgraciado que se acerca a comprar medio kilo de pescado.

»Así que empieza a venir por aquí siempre que puede, para estar tranquilo y sentirse en paz. Y cuando me quiero dar cuenta, una de las veces viene y no se vuelve a ir, así que le pregunto "¿Qué haces aquí?", y él me responde "Por el amor de Dios, ¿ahora vas a empezar tú?".

»Yo tenía un poco de sitio en casa. En aquella época estaba separado de mi mujer y tenía algo de espacio. Lo dejo quedarse a vivir conmigo. Se bebe una cerveza y mira el partido mientras yo trabajo y durante el día... Bueno, no sé cómo se las apaña durante el día... Lo mejor que puede, supongo.

»Y claro, solo es cuestión de tiempo que el oficial de la condicional haga un informe diciendo que se está saltando visitas, lo cual es verdad, y que su familia dice que no aparece por casa, lo cual es verdad, y que está compinchado con un conocido delincuente, que soy yo, y eso también es verdad, y deja un trabajo fijo y está en paradero desconocido. Así que una noche vienen los oficiales de justicia y lo vuelven a entalegar por saltarse la condicional. Ah, y también por beber, se me olvidaba. Fíjate, esas dos mujeres lo mandaron de nuevo a la trena con sus prédicas. No se puede razonar con personas así. Hablar con ellas no sirve de nada.

Dillon se incorporó y volvió a encorvarse de inmediato. El ejecutivo de mediana edad hizo una finta rápida y se deshizo del mendigo joven.

—Eso es lo que me preocupa, ¿sabes? Quiero decir que, en fin, hay cosas en las que puedes hacer algo y hay cosas en las que no puedes hacer nada. Si ves la diferencia, mientras la veas, juegas con ventaja. Eso es lo que me ha molestado de esa tía grande del megáfono: que durante un minuto, más o menos, ha actuado como si no viera la diferencia. Te pones de tal manera que te encuentras en una de esas situaciones en las que ves que no vas a poder hacer nada.

La habitual bandada de palomas revoloteó brevemente sobre el paseo y se posó alrededor de una vieja que les daba de comer lo que llevaba en un arrugado cucurucho de papel.

—La otra noche, en la televisión, salió un tipo que habló de las palomas —dijo Dillon—. Dijo que eran como ratas voladoras, lo cual me pareció muy acertado. El hombre tenía un plan, darles la píldora o algo así para que se extingan. Lo que pasa es que no sé si hablaba en serio, ¿sabes? Seguro que era un tío al que ya se le habían cagado encima y, probablemente, se le volvieron a cagar y se cabreó. Le arruinaron el traje o algo así y decidió dedicar el resto de su vida a desquitarse de las palomas porque le habían destrozado un traje de cien dólares. ¡Pero si todavía se le han cagado poco! Solo en Boston, debe de haber diez millones de palomas, que ponen huevos todos los días, de los que normalmente salen más palomas y todas ellas cagan toneladas de mierda, llueva o haga sol. Y ese tipo de Nueva York cree que va a conseguir que no queden más palomas en el mundo.

»Ya ves lo que te digo. Tendrías que entenderlo. No se trata de que no confíe en ti ni nada de eso. El jefe dice que eres legal y con eso me basta. Lo acepto. Pero si yo hiciera lo que tú andas pensando, si yo hiciera eso, tendría que pasarme el resto de la vida en otro sitio, escondiéndome, ¿sabes? Y uno no puede esconderse, las cosas son así. No puede esconderse.

»¿Sabes ese tipo del que te hablaba, el de la mujer testigo de Jehová? Bueno, pues esa religión suya no afectaba a lo que a ella le gustaba hacer. Y, por lo que él me contó, le gustaba hacerlo muy a menudo. Unas dos veces cada noche, digamos. En Lewisburg me contaba que ahorraba para ella, que no se hacía pajas, porque cuando llegara a casa, tendría que rendir cuentas de todo lo que debía. Y la primera vez que viene por aquí, todo cabreado, le pregunto "Bueno, ¿y ese asunto al menos cómo va?". ¿Y sabes qué me dice? Va y me dice "¿Sabes una cosa? Hay algo que ella siempre ha detestado, y es hacerme una mamada. Y, desde que he vuelto a casa, si quiere lo otro, hago que me la chupe, porque, al menos, mientras lo hace, está callada". ¿Entiendes lo que quiero decir? El tipo se desespera, hace unas cuantas cosas, sabe que no funcionará, lo deja enseguida y coge sus bártulos y se va a otro sitio. Es la única manera.

»Mira, una cosa sé. Si algo tiene que ocurrir, ocurrirá. No sé, un colega mío, al que probablemente me negué a servir una copa una noche, empezó a divulgar que he ido a ver a gente que, en su opinión, no debería haber ido a ver. Lo cual es cierto, porque, si no, ¿qué demonios hago yo aquí? Pero, probablemente, él también debe de estar viendo a gente. Todo el mundo busca algún contacto y uno no caga en el pozo, porque, probablemente, otro día querrá beber de él. En cualquier caso, corre el rumor de que va a haber un gran jurado y lo siguiente que me cuentan es que... Bueno, ya sabes qué me cuentan.

»He visto el camión. Eso es lo que me impresiona. Metes a dos tíos en ese camión y podrían cargarse al Papa. La única vez que vi un motor así fue en un Cadillac. Así que no vas a escaparte porque el camión te pillará. Y el parabrisas... Ese maldito trasto parece un viejo camión rural, un camión de la leche, quizá, y tiene el parabrisas abatible, con una manivela en el lado del pasajero, y puedes abrirlo y sacar por él un rifle de cazar venados. Si conduces un coche delante de ese camión y van a por ti, ya puedes despedirte. Me han dicho que llevan en él incluso un giróscopo, ¿sabes? Como si fuera un avión, joder. Así que pueden fijar el blanco. Pues bien, estás en el puente Mystic y esa cosa se te pega detrás y el parabrisas se abre y yo te pregunto qué vas a hacer. Pues vas a hacer un buen acto de contrición, eso es lo que vas a hacer, porque solo puedes elegir entre el rifle y el agua y la diferencia no es mucha.

»Yo no conduzco, claro. Si pudiera comprarme un coche, no trabajaría para ti por veinte pavos a la semana. Solo cruzo el puente cuando vuelvo a casa desde la parada del autobús. Pero ya sabes adónde quiero ir a parar. Esos tipos son serios. Los conozco muy bien y tú lo sabes. Si tienen un camión para la gente que va en coche, seguro que tienen algo para los peatones como yo.

»Ya ves lo que te digo —masculló Dillon sentado al sol bajo los árboles, el cielo y las palomas—, ya ves adónde quiero ir a parar. Ahora mismo, lo que quieren es acojonarme y lo han conseguido. Estoy acojonado. Y me acojono y no hago nada que no hagan los demás: yo no me presento ante ese gran jurado y tal vez, solo tal vez, baste con estar acojonado para que ellos se den por satisfechos: estaba acojonado y no se chivó. O tal vez no baste. Pero si me meto en eso, si te ayudo, lo que ahora tengo, sea lo que sea, no volveré a tenerlo nunca más. Puedo andar por ahí y todavía veo la diferencia.

»El otro día, recibí una carta de este menda del que te hablaba, ¿y sabes qué decía? Decía: "Me quedan siete meses por cumplir y luego quedaré totalmente libre. No tendré agentes de la libertad condicional ni nada de eso. Lo que intento decidir es si mato a esa mujer o no. Ahora mismo, creo que no lo haré".

»Ya ves lo que quiero decir —concluyó Dillon—. Nunca puedes estar seguro de nada. No puedes estar seguro de lo que un hombre va a hacer. Creo que si lo estuviera, a mí no me importaría y ellos no necesitarían el camión. Me mataría yo solo.

—De acuerdo —dijo Dave—, de acuerdo. Escucha, ¿te he dicho alguna vez que podríamos protegerte? ¿Te he contado alguna vez esa bola?

—No —respondió Dillon—. Siempre has sido legal, eso lo reconozco.

—Bien —dijo Dave—. Entiendo en qué posición estás. Si no puedes hablar del Polaco, no puedes hablar del Polaco. Está bien.

—Gracias —dijo Dillon.

—Que te jodan —dijo Dave—. Somos amigos desde hace mucho tiempo. Todavía no le he pedido nunca a un amigo que haga algo que realmente no pueda hacer, cuando sé que no puede. En cualquier caso, toda la ciudad está callada por lo de ese gran jurado. No había visto nunca las cosas tan tranquilas.

—Sí, está todo bastante parado —dijo Dillon.

—Dios —dijo Dave—, ya lo sé. Me destinaron a otra sección, ¿sabes? Drogas. He estado fuera de la ciudad unas tres semanas, vuelvo, y no pasa nada. No me he perdido nada en absoluto. Debéis de haber estado haciéndoos pajas en grupo o algo así. Tendría que haber un gran jurado de esos cada tres o cuatro semanas. Seguro que así no salíais de casa en un tiempo. No me importa que nunca pillen a esos tipos. El índice de criminalidad ha bajado un sesenta por ciento, solo haciendo que los tipos duros anden preocupados con eso.

—Que te jodan —dijo Dillon.

—Mira —dijo Dave—, todo está absolutamente parado. Puedes hablar todo lo que quieras, pero el gran jurado os tiene tan pillados por el pescuezo que os vais a asfixiar. A finales de semana, Artie Van estará haciendo de limpiabotas, vendiendo periódicos, macarreando o lo que sea. Te vas a quedar en el paro.

—Corta el rollo —dijo Dillon.

—Vale —dijo Dave—. Ha sido un golpe bajo. Lo siento, pero de verdad que no pasa nada.

—Sí pasa algo —replicó Dillon.

—¿Un grupo de chicos que se juntan para ver películas guarras? —preguntó Dave.

—¿Quieres la verdad? —replicó Dillon—. No sé lo que es. Parece como si la gente me evitara, pero pasa algo. Tipos que llaman preguntando por tipos que no están. No sé qué es, pero algo se llevan entre manos.

—Aquí tienes veinte —dijo Dave—. ¿Quién llama?

—¿Te acuerdas de Eddie Dedos? —preguntó Dillon.

—Perfectamente —respondió Dave—. ¿A quién busca?

—A Jimmy Scalisi —dijo Dillon.

—¿En serio? —preguntó Dave—. ¿Y lo ha encontrado?

—No lo sé —dijo Dillon—. Yo solo soy el mensajero.

—Te han dado números —dijo Dave.

—Números de teléfono —dijo Dillon—. Tengo licencia para vender alcohol. Soy un ciudadano que cumple con la ley.

—Trabajas para un tipo que tiene una licencia para vender alcohol —dijo Dave—. ¿Lo ves alguna vez? Eres un delincuente convicto.

—Ya sabes cómo son las cosas —dijo Dillon—. Trabajo para un tipo que tiene una licencia para vender alcohol. Algunas veces se me olvida.

—¿Quieres olvidarte de esto? —preguntó Dave.

—Lo antes posible —respondió Dillon.

—Feliz Navidad —dijo Dave.

7

Después de oír a su mujer y a sus hijos bajar la escalera con los albornoces rozando la alfombra oriental, las niñas hablando del parvulario y el chico murmurando algo sobre el desayuno, Samuel T. Partridge se duchó perezosamente y se afeitó. Se vistió y bajó a tomar los huevos y el café.

En la sala contigua a la cocina vio a sus niños de pie, cerca de la mecedora. Su mujer estaba sentada en la mecedora. Todos tenían el rostro inexpresivo. En el sofá había tres hombres sentados. Llevaban unos cortavientos azules de nailon y se cubrían la cara con medias de nailon. Todos llevaban un revólver en la mano.

—Papá, papá —dijo su hijo.

—Señor Partridge —dijo el hombre que estaba más cerca. Tenía los rasgos aterrorizadoramente deformados por el nailon—. Usted es el primer vicepresidente del First Agricultural and Commercial Bank. Vamos a ir al banco. Usted, yo y mi amigo, aquí presente. Mi otro amigo se quedará con su mujer y los niños para asegurarse de que no les ocurre nada. Si hace lo que le digo, a ellos no les ocurrirá nada y a usted, tampoco. Si no lo hace, uno de ellos, como mínimo, recibirá un balazo. ¿Comprende?

Sam Partridge se tragó la rabia y la flema repentina que le había subido a la garganta.

—Comprendo —dijo.

—Póngase el abrigo —dijo el primer hombre.

Sam Partridge besó a su mujer en la frente y luego besó a cada uno de sus hijos.

—No temáis —les dijo—. Todo irá bien. Haced lo que mamá os diga. Todo irá bien. —Las lágrimas corrían por las mejillas de su mujer—. Vamos, vamos —le dijo—. No quieren hacernos daño, lo que quieren es el dinero. —Ella tembló en sus brazos.

—Tiene razón —dijo el primer hombre—. Hacer daño a la gente no nos pone. Lo que nos pone es el dinero. Si nadie comete una estupidez, no ocurrirá nada. Vámonos al banco, señor Partridge.

En la calzada de detrás de la casa estaba aparcado un Ford sedán azul de aspecto corriente. En la parte delantera había dos hombres sentados. Los dos llevaban una media de nailon sobre la cabeza y un cortavientos azul. Sam Partridge se sentó en el asiento trasero. Los hombres que lo acompañaban se sentaron uno a cada lado.

—Duerme hasta muy tarde, señor Partridge —dijo el conductor—. Llevamos mucho rato esperando.

—Lamento las molestias —dijo Sam Partridge.

El hombre que había hablado en la casa se hizo cargo de la conversación.

—Sé cómo se siente —dijo—. Sé que es un hombre valiente. No intente demostrarlo. El hombre con el que está hablando ha matado a dos personas, que yo sepa.

Y no le cuento lo que he hecho yo. Mantenga la calma y sea razonable. El dinero no es suyo. Está todo asegurado. Solo nos interesa el dinero. No queremos hacer daño a nadie. Lo haremos si es necesario, pero no queremos. ¿Será usted razonable?

Sam Partridge no dijo nada.

—Apuesto a que va a ser razonable —dijo el portavoz. Sacó un pañuelo de seda azul del bolsillo del cortavientos y se lo tendió a Sam Partridge—. Quiero que lo doble y se vende los ojos con él. Yo se lo ataré por detrás. Luego se sentará en el suelo del coche.

El Ford empezó a moverse mientras Sam Partridge se encogió en el suelo entre los asientos.

—No intente mirar —dijo el portavoz—. Tenemos que sacarnos estas medias hasta que entremos en el banco. Cuando lleguemos allí, sea paciente y espere a que nos las pongamos otra vez. Entraremos por la puerta trasera, como hace usted siempre. Usted y yo nos quedaremos juntos. No se preocupe por mis amigos. Dígales a sus empleados que no abran la puerta delantera y que no levanten las cortinas. Esperaremos a que se abra el temporizador y mis amigos se ocuparán de la caja fuerte. Cuando terminemos, regresaremos a este coche. Usted explicará a su gente que no llamen a la policía. Les dirá por qué no tienen que llamar a la policía. Sé que es incómodo, pero usted volverá a casa del mismo modo en que viaja ahora. En su casa recogeremos a mi amigo. Cuando estemos a una distancia prudencial, lo soltaremos. Ahora mismo, no planeamos golpearlo en la cabeza, pero lo haremos si nos obliga. No tenemos previsto hacerle daño a usted ni a nadie a menos que alguien la joda. Lo que he dicho antes es verdad: queremos el dinero. ¿Comprendido?

Sam Partridge no dijo nada.

—Me está complicando la vida —dijo el hombre—. Y como voy armado, eso no es una buena idea. ¿Comprende?

—Comprendo —respondió Sam Partridge.

En el banco, la señora Greenan sollozó en silencio mientras Sam Partridge exponía la situación.

—Dígales lo de la alarma —dijo el portavoz.

—Dentro de unos minutos —dijo Sam—, se abrirá la cerradura de apertura retardada de la caja fuerte. Estos hombres se llevarán lo que han venido a buscar. Yo me marcharé con ellos. Me devolverán a mi casa. En mi casa hay otro hombre con mi familia. Lo recogeremos y nos marcharemos. Este hombre me ha dicho que, si nadie interfiere en sus planes, a mi familia no le harán daño y a mí, tampoco. Me soltarán cuando se hayan asegurado de que se han salido con la suya. No me queda más remedio que creer que harán lo que dicen, así que les pido a todos ustedes que no hagan sonar las alarmas.

—Dígales que se sienten en el suelo —le ordenó el portavoz.

—Siéntense en el suelo, por favor —dijo Sam.

La señora Greenan y los demás obedecieron con gesto incómodo.

—Vaya a la caja fuerte —dijo el portavoz.

Cerca de la puerta de la caja fuerte, Sam Partridge redujo su campo de visión para que abarcara solo dos objetos. En la puerta de acero había un pequeño reloj. Marcaba las ocho y cuarenta y cinco. No tenía segundero y el minutero parecía no moverse. A un palmo y medio del reloj, medio metro por debajo de donde estaba este a la altura de los ojos, el portavoz del grupo empuñaba con firmeza un pesado revólver en su mano enguantada de negro. Sam vio que había una especie de acanaladura en el cañón y que la empuñadura estaba moldeada de modo que cubría la parte superior de la mano que lo sostenía. Vio toques dorados dentro del metal negro de los cilindros. El revólver estaba amartillado y listo para disparar. El minutero parecía no haberse movido.

—¿A qué hora se abre? —preguntó el portavoz en un murmullo.

—A las ocho cuarenta y cinco —respondió Sam con aire ausente.

En julio, su mujer y él habían llevado a los niños a New Hampshire y habían alquilado una casita en un lago con forma de paleta de pintor al norte de Centerville. Una mañana, alquiló un bote, un bote de remos de aluminio con un pequeño motor, y llevó a los niños a pescar mientras su mujer dormía. Regresaron sobre las once porque su hijo quería ir al baño. Vararon el bote en la playa y los niños corrieron por la pendiente de gravilla hasta las altas hierbas y cruzaron el campo bajo el sol hasta la casita. Sam cogió un sedal en el que había ensartado cuatro lucios pequeños y lo dejó en la gravilla. Se inclinó a recoger las cañas y la caja de aparejos y el termo de leche y los jerséis, se incorporó con los objetos y se volvió hacia donde había dejado el pescado.

En la gravilla suelta de la arena, a un paso del sedal y los pescados, descubrió una gruesa víbora enroscada. Tenía la cabeza levantada un palmo del suelo y los crótalos de la cola caídos sobre uno de sus gruesos anillos. Había estado nadando, pues tenía las lisas escamas del cuerpo mojadas y brillantes al sol. A lo largo de la piel se repetían regularmente bandas marrones y blancas.

Tenía unos ojos vidriosos y oscuros y sacaba y metía la lengua sin que se notase que abría la boca. La piel de entre las mandíbulas era de color crema. El sol cálido y reconfortante bañaba a la gruesa víbora y a Sam, que fue presa de repetidos escalofríos, y la una y el otro permanecieron inmóviles durante una eternidad, a excepción de la lengua negra y delicada de la víbora, que salía y entraba de la boca de vez en cuando. Sam empezó a marearse. Le dolían los músculos por la posición en la que se había quedado paralizado, casi erguido, con las cosas de los niños y los aparejos en la mano. La víbora parecía tranquila. No emitía ningún sonido. Sam no podía pensar en otra cosa que en su incertidumbre. No sabía si aquellos reptiles atacaban sin hacer sonar el cascabel. Una y otra vez, se recordó que eso no cambiaba las cosas, que el animal realizaría cualquier ritual de ese tipo muy deprisa y seguramente lo alcanzaría antes de que tuviera tiempo de alejarse. Una y otra vez, siguió inquietándolo la misma cuestión. «Oye, mira —le dijo finalmente al animal—. Quédate con el maldito pescado. ¿Me oyes? Quédatelo.»

La víbora permaneció en la misma posición durante un buen rato. Luego sus anillos empezaron a tensarse. Sam decidió saltar si el animal avanzaba hacia él. Sabía que si se tiraba al agua, la víbora nadaría más deprisa y no iba armado. La víbora controlaba por completo la situación y se volvió despacio en la gravilla, haciendo crepitar los guijarros con el peso de su cuerpo. Empezó a subir la pendiente, alejándose en diagonal de la casita. Al cabo de un rato, había desaparecido y Sam, con todo el cuerpo dolorido, dejó los objetos en los asientos del bote y empezó a temblar.

—¿Qué hora marca ahora? —preguntó el portavoz.

Sam apartó los ojos del revólver negro y miró el reloj.

—No parece moverse —respondió—. Las ocho cuarenta y siete, me parece. No es un reloj muy bueno para dar la hora. En realidad, lo único que hace es mostrar que el mecanismo funciona.

Cuando le había contado a su mujer lo ocurrido con la víbora, ella quiso marcharse de inmediato y renunciar a los cuatro días que quedaban del alquiler de la cabaña. Y él le dijo: «¿Cuánto llevamos aquí? ¿Nueve días? Esa víbora ha estado aquí toda su vida y es grande; es decir, que su vida ha sido larga. En cualquier otro lugar de Nueva Inglaterra habrá también serpientes. A los niños no los ha mordido, de momento. No hay ningún motivo para pensar que, de aquí al sábado, se pondrá más agresiva. No podemos irnos a vivir a Irlanda solo porque a los niños podría morderlos una serpiente algún día». Y se quedaron, pero durante el resto de la estancia se descubrían caminando con cautela entre las altas hierbas y vigilando dónde pisaban en la gravilla y, cuando salían a navegar, Sam estaba ojo avizor por si aparecía la pequeña cabeza y los gruesos y brillantes anillos en el lago azul.

—¿Quiere probarlo ahora? —preguntó el portavoz—. ¿O se dispara la alarma si lo intenta antes de la hora fijada?

—No —respondió Sam—. Sencillamente, no se abre. Pero, cuando llega a la hora fijada, se oye un clic. Antes de que suene ese clic, es inútil probar.

Al otro lado de la caja fuerte sonó un chasquido seco.

—Ahí está —dijo Sam y empezó a girar la rueda.

—Cuando esté abierta —dijo el portavoz—, vaya

hacia los escritorios de allí, de modo que pueda controlarlo a usted y a los demás a la vez.

Sam se detuvo cerca de su escritorio y miró las fotos de su familia, fotos que él mismo había tomado. En el centro de la mesa había un juego de escritorio Zenith compuesto de dos bolígrafos y una radio AM-FM que su mujer le había regalado para que le hiciera compañía cuando tenía que trabajar hasta tarde. El *Wall Street Journal* del día anterior estaba doblado en la esquina más cercana del escritorio. La señora Greenan recogía el correo cada mañana y le llevaba el periódico antes de clasificar todo lo demás. Aquel día, su rutina había quedado interrumpida. La jornada sería desesperante. Por la mañana, llamarían clientes para preguntar por sus ingresos y reintegros o por qué las multas y los cheques no habían llegado cuando debían. No, no sería así. Lo ocurrido saldría en la prensa y también en televisión.

Los otros dos hombres abandonaron las posiciones que habían ocupado en el banco y se reunieron. Sacaron de debajo de la chaqueta sendas bolsas de plástico verde brillante y las sacudieron para abrirlas. Entraron en la caja fuerte sin pronunciar palabra. El revólver negro permaneció quieto.

Los otros dos tipos salieron de la caja fuerte. Dejaron las bolsas de plástico verde en el suelo. Uno de ellos sacó otra bolsa y la sacudió. Entró en la caja fuerte. El segundo hombre desenfundó el arma y asintió.

—Cuando salga —le dijo el portavoz—, recuerde a sus empleados lo de la alarma. Luego, dígales que habrá un tiroteo pero que nadie resultará herido. Tengo que cargarme esas cámaras que tienen ahí.

—¿Por qué van a preocuparse de eso? —dijo Sam—.

Son para las personas que vienen a cobrar cheques falsos que el cajero no detecta en el transcurso de la operación. Todos los presentes los han visto durante los últimos diez minutos y no pueden identificarlos. ¿Por qué correr ese riesgo? Aquí al lado hay una farmacia y, a esta hora, ya está abierta. Si cree que el banco está insonorizado, se equivoca. Si empiezan a disparar, seguro que viene alguien.

—Realmente quiere cooperar, ¿verdad? —dijo el portavoz.

—No quiero que me hagan daño ni que hagan daño a nadie —replicó Sam—. Dijo que utilizaría el arma, ¿verdad? Yo le creo. Esas cámaras no han visto nada que no haya visto yo: un montón de gente asustada y tres tipos con medias en la cara. Tendría que matarnos a todos también.

—De acuerdo —dijo el portavoz. El tercer tipo salió de la caja fuerte con una tercera bolsa medio llena—. Dígales lo siguiente: mis amigos van a salir y montar en el coche. Luego saldremos nosotros y volveremos a su casa. Sus empleados abrirán el banco y no dirán nada a nadie durante una hora como mínimo. Si lo hacen, tal vez tengamos que matarlo.

—Escuchen, por favor —dijo Sam—. Ahora nos iremos. Tan pronto se cierre la puerta trasera, pónganse en pie y ocupen sus lugares de trabajo habituales. Abran las puertas y descorran las cortinas. Empiecen a trabajar como de costumbre, lo mejor que puedan. Es muy importante que estos hombres tengan como mínimo una hora para escapar. Sé que a ustedes les resultará difícil. Hagan lo que puedan. Y si viene alguien a retirar una suma cuantiosa de dinero, tendrán que decirle que hay una avería en la caja fuerte y que hemos llamado a la compañía y estamos esperando al técnico para que la abra.

Luego, se volvió hacia el portavoz y le dijo:

—¿Quiere pedir a uno de sus hombres que cierre la caja fuerte?

El portavoz señaló la puerta de la caja y uno de sus compinches la cerró. El portavoz asintió y los otros dos tipos cogieron las bolsas de plástico y desaparecieron por el pasillo que llevaba a la puerta trasera.

—Recuerden, por favor, lo que les he dicho —dijo Sam—. De ustedes depende que nadie resulte herido. Hagan cuanto esté en sus manos, por favor.

En el coche no había ni rastro de las bolsas de plástico. Entonces, Sam notó que uno de los hombres no estaba. Se acomodó en el asiento trasero con el portavoz. El conductor puso en marcha el motor.

—Ahora, señor Partridge —dijo el portavoz—, voy a pedirle que se vende de nuevo los ojos y que se eche en el suelo del coche. Mi amigo el chófer y yo nos quitaremos las medias. Cuando lleguemos a su casa, lo ayudaré a bajarse del coche. Se quitará el pañuelo de los ojos para que nadie se asuste. Recogeremos al colega que hemos dejado allí y volveremos al coche. Usted se pondrá la venda otra vez y, si todo va bien, al cabo de un rato estará sano y salvo. ¿Comprende?

En el salón de casa, su mujer y sus hijos parecían ocupar el mismo lugar que cuando él había bajado la escalera. Su mujer estaba sentada en la mecedora y los niños se apretujaban contra ella. Sin que nadie se lo dijera, supo que no habían hablado desde que se había marchado. El tipo que se había quedado a vigilarlos se levantó del sofá al verlos entrar.

—Ahora tengo que marcharme con estos hombres un rato y luego todo se arreglará, ¿de acuerdo? —anunció Sam. Los niños no respondieron. Se volvió hacia su mujer y le dijo—: Será mejor que llames a la escuela y les digas que todos hemos pillado una gripe intestinal y que los niños no irán a clase.

—No diga nada más —dijo el portavoz.

—Estoy haciendo lo que me ha pedido —replicó Sam—. Si no llamamos a la escuela, llamarán ellos.

—Bien —asintió el portavoz—, pero asegúrese que no hace la llamada a la policía estatal o algo así. Y ahora, vámonos.

Una vez fuera, a Sam le vendaron de nuevo los ojos. Los ojos le dolieron del repentino cambio de la luz solar a la oscuridad. Lo llevaron hasta el coche y lo hicieron tumbarse en el suelo. Oyó que ponían el motor en marcha y oyó engranarse la transmisión justo debajo de su cabeza mientras el coche daba marcha atrás. Luego, notó que se lanzaba hacia delante. Distinguió cuando salía del camino privado de la casa y doblaba a la izquierda. Cuando llegaron a un *stop* y dobló a la derecha, Sam supo que estaban en la Ruta 47. El coche circuló un buen rato sin detenerse. Sam buscó en su memoria el número de señales de *stop* y de semáforos que tenían que haber pasado, pero no lo recordó. Ya no sabía dónde estaban. En el coche todo el mundo permanecía callado. Oyó que alguien raspaba una cerilla para encenderla y a continuación olió a cigarrillo. Pensó «Debemos de estar llegando a algún sitio. Esto está a punto de terminar».

Sonó un crujido debajo del coche y este redujo deprisa la velocidad.

—Ahora voy a abrir la puerta —dijo el portavoz—.

Apoye las manos en el asiento y siéntese. Yo lo cogeré por el brazo y lo sacaré del coche. Estamos al borde de un campo. Cuando se apee, yo le señalaré la dirección y empezará a caminar. Oirá que vuelvo al coche. La ventanilla estará bajada. Lo estaré apuntando con la pistola en todo momento. Empiece a caminar y camine lo más deprisa que pueda. En un momento dado, mientras camina, oirá que el coche sale de la cuneta, pero le prometo que nos quedaremos aparcados un rato en el asfalto. Por el ruido, no sabrá si seguimos ahí o no. Cuente hasta cien. Entonces, quítese la venda y pídale a Dios que ya nos hayamos marchado.

Sam tenía calambres y estaba agarrotado de pies a cabeza del rato que había pasado en el suelo del coche. Trastabillando, salió a la cuneta de la carretera. El portavoz lo tomó del brazo y lo llevó hasta el campo. Notó que se encontraba entre unas hierbas altas y húmedas.

—Empiece a caminar, señor Partridge —le ordenó el portavoz—. Y gracias por su colaboración.

Sam oyó que el coche se movía en la gravilla. Avanzó a ciegas con dificultad y la irregularidad del terreno lo asustó. Temía meter el pie en un agujero o pisar una serpiente. Contó hasta treinta y cuatro y perdió la cuenta. Contó de nuevo hasta cincuenta. No podía respirar. No más, pensó, no puedo esperar más. Se quitó la venda, esperando que le disparasen. Estaba solo en unos grandes y planos pastizales bordeados de robles y arces que habían perdido las hojas y cuyos troncos negros se alzaban desnudos en aquella cálida mañana de noviembre. Se quedó quieto unos instantes, parpadeando. Luego se volvió, vio la carretera vacía a una distancia de apenas veinte metros y empezó a correr, agarrotado, hacia el asfalto.

8

A las seis y cinco, Dave Foley huyó del tráfico de la Ruta 128 y aparcó el Charger en el restaurante Red Coach Grille de Baintree. Entró en el bar y ocupó una mesa en el rincón del fondo que le permitía ver la puerta y el televisor que había encima de la barra. Pidió un vodka martini con hielo y unas gotas de zumo de limón. Después de que un locutor blanco leyera los titulares en tono cansino, empezó el noticiario de la noche. Mientras llegaba la camarera con la bebida, un negro con unos carrillos prominentes y un acento muy cerrado comentó la primera noticia.

—Esta mañana, cuatro hombres armados, con la cara cubierta con medias de nailon, han huido del First Agricultural and Commercial Bank en Hopedale con un botín que se calcula en noventa y siete mil dólares. Los atracadores irrumpieron en el domicilio del vicepresidente del banco, Samuel Partridge, poco después del amanecer. Después de tomar a su familia como rehenes y dejarla bajo la vigilancia de uno de los miembros de la banda, obligaron a Partridge a que los acompañara al banco. Amenazando a los empleados a punta de pistola, saquearon casi todo el efectivo de la caja fuerte, dejando solo las monedas y algunos billetes pequeños. Luego, llevaron a Partridge de nuevo a su casa, donde recogieron al vigilante que habían dejado allí. Después de vendarle los ojos, Partridge fue liberado en la Ruta 116, en Uxbridge, cerca de la frontera de Rhode Island. El vehículo que, al parecer, se utilizó para la huida, un Ford azul, ha sido encontrado a tres kilómetros de distancia. El FBI y la policía estatal se han hecho cargo de la investigación. Partridge ha dicho esta tarde...

Un negro corpulento que vestía un traje de seda azul con chaqueta cruzada entró en el bar y se detuvo un instante. Foley se puso en pie y lo llamó con una seña.

—Deetzer —dijo Foley—, ¿cómo va la batalla por la igualdad de derechos?

—Definitivamente, estamos perdiendo —respondió el negro—. Esta mañana le he dicho a la parienta que no iría a cenar y ahora me toca sacar la basura durante tres meses y llevar a los chicos al zoo el sábado.

—Bien, Deetzer, viejo, ¿qué has sabido? —dijo Foley.

—He sabido que aquí, de vez en cuando, sirven copas —respondió el negro—. ¿Puedo tomar una de esas?

Foley llamó a la camarera y señaló su vaso. Luego levantó dos dedos.

—¿Vamos a comer aquí, Foles? —quiso saber el negro.

—¿Por qué no? —respondió Foley—. Un bistec me vendría bien.

—¿Paga el tío Sam? —preguntó el negro.

—No me extrañaría —respondió Foley.

—Ahora recuerdo haber oído algunas cosas —dijo el negro—. ¿De qué tenemos que hablar?

—He pensado meterme en el negocio de los atracos —respondió Foley—. Lo que quiero es montar una banda de atracadores integrada, sin discriminación racial. Seríamos invencibles, Deetzer. Esta mañana, cuatro hijos de puta que no son más listos que tú o que yo se han llevado noventa y siete mil dólares de un pequeño banco en las afueras. Todo fetén, ningún problema. Y aquí estamos nosotros, unos jóvenes dignos, padres de familia, malviviendo con un sueldo de mierda.

—En la radio han dicho ciento cinco mil —replicó el negro.

—Pues ya ves, Deetzer —dijo Foley—. Un día de trabajo y lo único de lo que deben preocuparse es del FBI. Tú sacarás la basura hasta Pascua y ellos estarán bronceándose en una playa de Antigua y yo iré de acá para allá con nieve hasta los cojones hasta el aniversario de Washington, persiguiendo amas de casa que pagan diez pavos por ciento sesenta gramos de té Lipton y sesenta gramos de maría mala.

—Estaba pensando en meterme en una comuna —dijo el negro—. He oído hablar de una, cerca de Lowell. Admiten a cualquiera, te despelotas y jodes todo el día y bebes vino de moras toda la noche. Lo que ocurre es que me han dicho que, para comer, solo tienen nabos.

—Eres demasiado viejo para una comuna —dijo Foley—. No te aceptarían. No se te empinaría lo suficiente como para cumplir los requisitos. Lo que necesitas es un trabajo pagado por el gobierno con una secretaria que aparezca todas las tardes, se desnude hasta quedarse en liguero y haga que se te levante.

—Ya he solicitado ese trabajo —dijo el negro—. Sé bien a cuál te refieres. Cobras treinta de los grandes al año y te ponen un Cadillac con un chófer blanco. Me dijeron que ya estaba adjudicado. A un tipo de la Escuela de Derecho de Harvard con el pelo largo hasta el ombligo, barba y botas. Me dijeron que yo no estaba preparado para llevar a la gente a la tierra prometida, que lo que necesitaban era un buen chico judío que no se lavara.

—Creía que tenían sus derechos —dijo Foley.

—Yo también —dijo el negro—. Lo que quieren ahora son buenos empleos.

—Los hermanos se pondrán muy tensos cuando se enteren de esto —dijo Foley—. ¿Debo llamar a Inteligencia Militar y decirles que preparen las cámaras para filmar una manifestación inminente?

—Probablemente, no —respondió el negro—. Lo que hay que hacer es pasarle la información a un fiscal de distrito irlandés, estúpido y quisquilloso, y él lo estropeará todo enseguida.

—¿Y no serviría un concejal del ayuntamiento? —preguntó Foley.

—Sí, mejor —dijo el negro—, pero aún sería mejor una concejala. Son las más fetén. Siempre sabes de qué lado están.

—Y, por cierto, ¿cómo están los hermanos? —inquirió Foley.

—Oh, Deetzer, Deetzer, no aprenderás nunca —dijo el negro—. Cada vez que el hombre blanco llama es porque vuelve a ponérsele dura con los Panteras. ¿Son los Panteras, esta vez, Foles?

—No sé —respondió Foley—. No sé quiénes son. Si quieres que te diga la verdad, ni siquiera sé si son. Me sorprendería que fueran los Panteras. Por lo que he leído en el periódico, se pasan la vida en los juzgados por dispararse unos a otros.

—No todos —dijo el negro—. La base del partido tiene un negocio de hostelería.

—¿Y alguno de ellos quiere comprar ametralladoras? —preguntó Foley.

—Supongo —respondió el negro—. Siempre van por ahí diciendo «Muerte a la pasma». Si yo me dedicara a eso, me gustaría tener unas cuantas ametralladoras para cuando la pasma se cabrease.

—¿Conoces a alguien que quiera comprar ametralladoras? —inquirió Foley.

—Vamos, Dave —dijo el negro—, ya me conoces: soy el negrata del hombre blanco. No sé más de los Panteras que tú. Ni de ellos, ni de ningún otro hermano. ¿Soy lo mejor que podéis conseguir? ¿No tenéis a nadie infiltrado ahí que pueda informaros? O sea, si vienes a preguntarme a mí es porque realmente necesitas ayuda. Si quieres saber lo que oigo en la calle, puedo decírtelo, pero yo también dependo de la teta del gobierno. Un gobierno diferente y todo eso, pero es la teta del gobierno. Los hermanos no me hablan. Bueno, me hablan, pero no hablan en serio. Si estuvieran comprando cañones, no me lo dirían.

—Deetzer —dijo Dave—. Necesito un favor. Quiero que salgas a ver qué puedes oír. Me han llegado rumores de que los hermanos se están compinchando con la mafia, que están comprando armas a alguien que tiene contactos con los mafiosos. La idea me preocupa.

—Jesús —dijo el negro—. De competencia sí que he oído hablar. Siempre hay algún majara que quiere hacerse con el negocio de otro, pero ¿una alianza? Eso es absolutamente nuevo para mí.

—Y para mí —dijo Foley—. Mira a ver qué puedes averiguar, ¿vale, Deets?

9

Jackie Brown encontró el microbús marrón en la planta superior del aparcamiento subterráneo del parque, cerca de las escaleras que daban al quiosco del cruce de Beacon y Charles. El interior del vehículo estaba a oscuras. Del asiento delantero hacia atrás, unas cortinas de flores cubrían todas las ventanas. Llamó a la ventanilla del conductor.

Al otro lado apareció una cara hinchada rodeada de un enmarañado pelo rubio que le llegaba hasta el cuello. La cara contenía dos ojos suspicaces. Jackie Brown les devolvió la mirada. Al cabo de un rato, apareció una mano que abrió la ventanilla triangular. La cara también tenía voz.

—¿Qué quieres? —dijo.

—¿Qué quieres tú? —replicó Jackie Brown—. Un hombre me ha dicho que quieres algo.

—Eso no basta —dijo la voz.

—Que te jodan —dijo Jackie Brown. Dio media vuelta y empezó a alejarse.

Se abrió la ventana trasera de la izquierda y sonó otra voz, esta más alegre.

—¿Vendes algo? —preguntó.

—Depende —respondió Jackie Brown.

—Espera un momento —dijo la voz más alegre.

Jackie Brown se volvió, pero no se movió de donde estaba, a cuatro metros del microbús. Esperó.

La cara hinchada apareció de nuevo en la ventana del conductor y se abrió otra vez la ventanilla triangular.

—¿Eres poli? —dijo la voz.

—Sí —respondió Jackie Brown.

—No me molestes, tío —dijo la voz—. ¿Eres el tipo que estamos buscando?

—Depende —respondió Jackie Brown—. Depende de lo que quieras hacer.

—Espera un momento —dijo la voz. La cara se retiró y luego reapareció—. Ven por la puerta trasera.

En la puerta trasera, Jackie Brown se encontró con una chica que lo invitó a entrar. Se parecía a Mia Farrow.

—¿Quién eres? —le preguntó, mirándola de hito en hito.

—Entra —dijo ella.

Dentro del autobús había un pequeño lavamanos y una cama doble. Había una radio portátil con AM, FM y la frecuencia de la policía. Encima de la cama vio una automática del 45. En el suelo había un montón de libros de bolsillo y en el aire flotaba un humo de olor intenso.

—Mira —dijo Jackie Brown—, he venido a hacer negocios. Si lo que queréis es follar y fumar un poco de hierba, ¿para qué demonios me necesitáis? Me habían dicho que aquí habría alguien que quería hacer negocios.

La cara hinchada apareció desde la parte delantera.

—Esta es Andrea —dijo la voz—. Y yo soy Pete.

—Yo soy Jackie —dijo Jackie Brown—. ¿Qué demonios hace aquí Andrea?

—Esto es de Andrea —dijo la voz, señalando el microbús—. Andrea tiene el dinero. Andrea quería verte.

—Quería verte —dijo Andrea.

—Lo siento —dijo Jackie Brown—. Creo que me he equivocado de sitio. Creía que iba a encontrarme con alguien que quería comprar algo.

—Esperabas encontrarte con un negro —dijo Andrea.

—Sí —asintió Jackie Brown.

—Ese era Milt —dijo la mujer—. Es de los nuestros. Milt es de los nuestros. Él te habló de nosotros. Somos la gente que quería verte.

—¿Para qué? —preguntó Jackie Brown.

—Nos han dicho que podrías conseguirnos ametralladoras —respondió la mujer en voz baja.

—Mira —replicó Jackie Brown—, me la trae floja que vayas por ahí quemando sujetadores en público, pero ¿para qué coño quieres una ametralladora?

—Quiero atracar un banco, joder —respondió ella.

—Puedo conseguiros cinco para el viernes —dijo Jackie Brown—. Rifles M-16. Trescientos cincuenta dólares la unidad. Si queréis munición, os costará más.

—¿Cuánto más?

—Doscientos cincuenta dólares por quinientos proyectiles —respondió Jackie Brown.

—Eso son dos mil dólares —dijo Andrea.

—Más o menos —asintió Jackie Brown.

—Ven el viernes con el material.

—La mitad por adelantado —dijo Jackie Brown—. Las ametralladoras van muy solicitadas. Uno de los grandes como anticipo.

—Dale mil dólares, Pete —dijo Andrea.

Jackie Brown aceptó un fajo de billetes. Eran veinte billetes de cincuenta.

—El viernes por la noche a las ocho y media —dijo la mujer.

—El viernes por la tarde a las tres y media llamas a este número y preguntas por Esther —dijo Jackie Brown—. Alguien te dirá que Esther ha salido y te pedirá tu número. Después de darlo, quédate en el teléfono público. No te lo apartes de la oreja y finge que estás hablando, pero mantén la palanca de colgar apretada hacia abajo. El teléfono sonará al cabo de tres minutos. Te darán la dirección de un lugar al que podrás llegar en cuarenta minutos desde el centro de Boston. Cuarenta y cinco minutos después de que te den esa dirección, las ametralladoras ya no estarán en ese lugar y habréis perdido el anticipo.

—Eso no me gusta —dijo Pete.

—Me importa un carajo lo que te guste —dijo Jackie Brown—. Vendiendo ametralladoras a gente como vosotros tengo dos problemas. El primero es vender ametralladoras. En este estado, es cadena perpetua. El segundo es venderlas a gente como vosotros. No sois honrados. Si sabéis dónde voy a estar y la hora, es posible que no vea el resto del dinero. Es posible que pierda las ametralladoras. Otra cosa: llevad encima el dinero que falta. Si os presentáis sin la pasta, no habrá material. Y presentaos. Y no lo olvidéis: tengo más de cinco ametralladoras. Las otras os estarán apuntando.

—Hijo de puta —dijo Andrea.

—La vida es dura —dijo Jackie Brown—. La vida es muy dura. Buenas noches.

10

El mazas parecía tener prisa y pocas ganas de conversar.

—Me debes diez pistolas más —le dijo a Jackie Brown—. ¿Cuándo las voy a tener?

—Jesús, no lo sé —dijo Jackie Brown encogiéndose de hombros levemente—. Te conseguí la primera partida cuando lo dije y la docena la tuve una semana antes del día pactado. Estoy haciendo todo lo que puedo, ¿sabes? Estas cosas a veces necesitan tiempo.

—Pues tiempo no tengo —dijo el mazas—. Ya te hablé de la gente con la que trato. Me están presionando. Se supone que mañana por la noche veré al jefe. Necesito las armas.

—Pues para mañana por la noche no las podré tener —dijo Jackie Brown—. No creo que pueda tenerlas antes del fin de semana. Debes entender que la fábrica hace lotes enteros. Cuando recibes un lote mezclado, es porque recibes algunas del último lote y algunas del lote que están haciendo ahora. Ni siquiera sé lo que están sacando. Tal vez ese nuevo material inoxidable. No lo sé. Tardaré un par de días en saber qué existencias hay.

—Me importa un carajo que sea inoxidable o no —replicó el mazas—. Necesito el material para mañana por la noche. Me espera un largo viaje y, cuando lo haga, debo tener el material.

—Imposible —dijo Jackie Brown—. De ninguna manera. No puedo. Ya te lo dije, yo consigo material de calidad. Eso lleva su tiempo. No es como comprar una barra de pan, joder. Tengo montada una operación que funciona muy bien, con material de confianza que no creará problemas a nadie. No voy a joderla solo porque vosotros tengáis prisa. Tengo que pensar en el futuro. Tendrás que decirles que esperen, el material llegará. Y, por cierto, ¿a qué viene esa urgencia tan grande?

—Una de las primeras cosas que aprendí fue no preguntarle a un hombre por qué tiene prisa —respondió el mazas—. El tío dice que tiene prisa y yo ya le he dicho que puede confiar en mí porque tú me dijiste que podía confiar en ti. Ahora las cosas están saliendo de otra manera y uno de nosotros tendrá un problema serio. Y voy a decirte algo, chico —prosiguió el mazas—. Es otra cosa que te enseño: cuando uno de nosotros tenga un problema, ese serás tú. Con esto queda todo dicho.

—Escucha… —dijo Jackie Brown.

—Ni escucha ni nada —dijo el mazas—. Me estoy haciendo viejo. He pasado toda la vida sentado en un antro cutre tras otro con una pandilla de pringados como tú, bebiendo café, comiendo carne estofada y viendo a otros volar a Florida mientras yo me devano los sesos preguntándome cómo demonios pagaré al fontanero la semana próxima. He estado en el talego y lo he resistido, pero no puedo correr más riesgos. Tú puedes venirme con los cuentos que quieras, que si esto, que si lo otro y blablablá. Pero tú, tú todavía eres un chaval y vas por ahí diciendo «Bueno, yo soy un hombre, puedes confiar en lo que digo y lo tendrás. Sé lo que hago». Pues bien, chico, tú también vas a aprender algo y te aconsejo que lo aprendas ahora, porque cuando dices eso, cuando me haces salir solo ahí fuera porque me fío de lo que dices, será mejor que tú también respondas. Porque si dices que vas a cumplir, tendrás que cumplir de verdad, joder, porque si no cumples, se te quedará enganchada la polla en la cremallera de mala manera. Ahora no quiero que me vengas con mandangas ni palabrería. Quiero comprarte diez pistolas y tengo el dinero para pagarlas y las quiero para mañana por la tarde en el mismo sitio y yo estaré allí y tú estarás allí con las malditas pistolas. Porque si no estás, iré a buscarte y te encontraré, porque no seré el único que te busque y nosotros sabemos encontrar a la gente.

—Esta noche tengo que ir a Rhode Island —dijo Jackie Brown—. Regresaré tarde. Y mañana tengo que ver a una gente a última hora de la tarde. ¿Podríamos encontrarnos antes en algún sitio mañana? Para que yo pueda estar libre sobre las tres, digamos. Porque tú vas a venir antes de lo que dijimos, ¿sabes? Y ya te lo he dicho, también tengo que ver a otra gente.

—Mañana por la tarde va bien —dijo el mazas—. Nos veremos mañana por la tarde en el mismo lugar de la otra vez. ¿Todavía tienes ese Plymouth?

—Sí —respondió Jackie Brown—, pero a mí no me va bien que nos encontremos ahí. Queda demasiado lejos de aquí. Tengo que estar aquí sobre las cuatro y no llegaría a tiempo. No quiero hacerlo, no puedo permitirme correr riesgos. Tendríamos que quedar por aquí cerca.

—¿Sabes dónde está el centro comercial de Fresh Pond, en Cambridge? —le preguntó el mazas.

—Sí.

—Allí hay una tienda de comestibles —explicó el mazas— y un todo a cinco y diez centavos. Mañana, a las tres de la tarde, estaré en una de esas tiendas. Tú llegarás en coche y aparcarás. Yo te veré. Si todo va bien, si creo que todo va bien, saldré y terminaremos el trato. No esperes más de diez minutos. Si no salgo, es que algo no va bien. Márchate y ve a ese lugar del que me diste el teléfono. Te llamaré y ya montaremos otra cita.

—¿Te siguen?

—El mes próximo me dictarán sentencia en New Hampshire —respondió el mazas—. Ahora mismo no puedo permitir que me coloquen por nada del mundo. Tengo que ser cauteloso.

—Sí —dijo Jackie Brown—. Pero si no sale bien en ese lugar, no iré al sitio donde nos citamos la otra vez. No puedo. Si se jode lo de mañana por la tarde, tendrá que ser mañana por la noche. Tú llama, di la hora y déjame un número o algo. Iré donde digas.

—De acuerdo —dijo el mazas—. Mañana te buscaré.

—Trae el dinero —lo avisó Jackie Brown—. Seiscientos pavos. Llévalo encima. Si trabajo tan deprisa, necesitaré el dinero deprisa.

—No hay problema —dijo el mazas—. Tendré el dinero.

11

Foley explicó el retraso.

—Recibí tu llamada desde la oficina —dijo—. Estaba en las afueras y he venido lo más deprisa que he podido. ¿Qué te ronda por la cabeza?

En Lafayette Mall, las farolas de la calle disipaban la temprana oscuridad de la tarde otoñal. Cerca del primer quiosco del metro, los Hare Krishnas cantaban y bailaban, ataviados con túnicas color azafrán y raídos jerséis grises y calzados con sandalias sin calcetines.

—Nada, tranquilo —dijo Dillon—. No tengo prisa, pero he pensado que, bueno, he pensado que esto tal vez sea algo que a ti sí te corra prisa. He estado aquí sentado, viendo cómo esos idiotas con coleta y la cara pintarrajeada saltan de un lado a otro. Y se han traído a ese niño, que parece un poco alemán o sueco, y ahí están su papá y su mamá saltando como un par de majaras, jugando a ser hindúes. Pobre criatura. ¿Qué demonios hará de mayor? Si estuviera en su lugar, me cargaría a alguien. Empezaría por mamá y papá, de aperitivo.

—Eh, tío —dijo Foley—, pero si no hacen daño a nadie.

—Eso ya lo sé —replicó Dillon—, lo sé perfectamente, pero los veo acercarse a la gente y hablan en serio, ¿sabes? Lo dicen de veras. Creen que todos tendríamos que quitarnos los pantalones y ponernos esas túnicas que llevan ellos y salir por ahí a joder al personal tocando un maldito tambor. Y creen que lo haremos. No me digas que no es una majarada. Claro que es una majarada, pero entonces pienso, yo estaba aquí cuando llegaron, ¿no? Y veo que tienen un Oldsmobile recién estrenado, ese de ahí, y supongo que lo han comprado con el dinero que han mendigado a personas sensatas y entonces me pregunto quién es aquí el majara. ¿Esos a quienes se les ponen los pelos de punta mientras dan saltos delante de Dios y de todo el mundo o yo? Yo no tengo un Olds nuevo, lo único que tengo es una apuesta para la semana próxima en la que he sido tan estúpido que he vuelto a apostar por los Patriots. No aprendo nunca.

—¿Y por qué querías verme? —preguntó Foley.

—Eh —dijo Dillon—, ¿te acuerdas de que la última vez que nos vimos me dijiste que estaba todo muy parado? ¿Y yo te dije que no, que estaba ocurriendo algo pero que no sabía qué era? Bien, pues parece que tenía razón, ¿no?

—Depende de a qué te refieras —dijo Foley—. Pasan cosas, sí, pero no veo que ninguno de los chicos esté sacando pasta con ello.

—Bueno, eso nunca se sabe —replicó Dillon—. Pero mira, tú me preguntaste si ocurría algo y yo te dije que había gente que hacía llamadas telefónicas. Siempre recibo llamadas para personas que no están presentes y enseguida llega el que no estaba o quizá recibo otra llamada y es de él y quiere saber si alguien lo ha llamado, pero no hay tantos tíos que se lleven algo entre manos y no quieran que su esposa se entere. ¿Te acuerdas de eso?

—Sí —respondió Foley—. Dijiste que Eddie Dedos tenía algo que ver con Scalisi.

—Mencioné a Eddie Dedos —asintió Dillon— y también mencioné a Scalisi. No recuerdo haber dicho que estuvieran compinchados en nada. Solo son dos de los tipos que mencioné que pasaban mucho tiempo hablando por teléfono. Ese puñetero Coyle, me extraña que pueda caminar con tantas monedas en el bolsillo. Si lo echaras al agua, se hundiría como una piedra, joder, de lo mucho que pesa.

—De acuerdo —dijo Foley—. Eddie está haciendo muchas llamadas.

—Hace tiempo que no veo a Scalisi —dijo Dillon.

—Eso ya lo he oído —dijo Foley—. Nadie lo ha visto. He oído que está en Florida, tomando el sol.

—Pues yo he oído que no —dijo Dillon—. He oído que últimamente ha hecho mucho dinero.

—¿Sí? —preguntó Foley—. ¿Él solo?

—Seguro —respondió Dillon—. Ya conoces a Jimmy, cae bien a todo el mundo. Imagino que algún amigo le dio un soplo sobre un caballo o algo así, ¿sabes?

—Es bueno tener amigos —dijo Foley.

—Pues sí —dijo Dillon—. Anoche, recibí una llamada de Scalisi y el tío con el que quería hablar no estaba, así que le digo «Te llamará cuando llegue. ¿Tienes un número?», y él dice «No estaré aquí mucho rato. Es importante, ¿sabes? Cuando lo veas, ¿por qué no le dices que quiero hablar con él de un asunto importante? Con eso bastará, seguramente».

—Vaya, vaya —dijo Foley.

—Así que esta tarde —prosiguió Dillon—, estaba allí como es habitual, escuchando la carrera principal del hipódromo y devanándome los sesos como siempre y sin haber vendido cuatro dólares de cerveza en todo el día, porque en estos tiempos ya nadie toma tragos fuertes, ¿y sabes quién entra por la puerta? Pues precisamente ese tío a quien Jimmmy Scal andaba buscando ayer. Una vez más me había quedado sin el dinero de la apuesta, los caballos nunca se me han dado bien, y entonces me acerco a él y tiene esa expresión tensa en la cara, como si se le hubiera quedado la teta enganchada en el rodillo de secar la ropa, y le pregunto qué va a tomar y pide un chupito y una cerveza, bendita sea mi alma. Así que se lo sirvo y empiezo a darle un poco de palique, que si esto, que si lo otro, y entonces, como había recibido tantas llamadas, recuerdo que este es uno de los tíos que ha estado llamando. Así que le digo «Eh, ¿Jimmy Scal se ha puesto en contacto contigo?».

»Y bien, el tío me mira raro y dice "No, no sabía que me buscara". Y por su expresión, pienso que debe de ser verdad, porque parecía que acabase de helársele la sangre. Así que le digo "Sí, llamó anoche, y te buscaba. Dijo que era importante. ¿No se ha puesto en contacto contigo?". Como ves, intenté tirarle de la lengua.

»Y él dice que no: "Ya te he dicho que no. ¿No dejó un número?". Así que ahí me tienes, haciéndome el longuis, mientras todos esos tipos van de un lado a otro por los suburbios y se mantienen en contacto llamando al bar y yo prácticamente no tengo tiempo ni de servir la priva, de lo ocupado que estoy cogiendo el teléfono, joder, pero, de todos modos, nadie confía en mí, ¿sabes?

Yo solo soy la telefonista de la centralita, pero sí tengo derecho a meter baza y le respondo: "No, no dejó ningún teléfono. Yo le pedí que dejara uno y me dijo que..., me dijo que se marchaba enseguida y que te dijera que es importante, que quiere hablar contigo".

»El tipo se sienta allí y, de repente, pom, se traga el chupito y toda la cerveza a continuación y a mí me parece que se está poniendo blanco. "Otra ronda, deprisa. Ponme otra ronda", dice. Así que le sirvo otra. Se la toma con la misma rapidez que la primera, arroja el dinero encima de la barra y salta del taburete como si tuviera que ir al retrete con urgencia, ¿sabes? "Me marcho. Dentro de una hora o así, llamaré para ver si ha llamado alguien y, si llama alguien, me lo dices, y cuando llame, bueno, dile que voy para allí y que llegaré tan pronto haya visto a un menda. ¿Vale?", dice.

»Le digo que por mí vale y se marcha. Y ahora, dime, ¿qué te parece?

—¿Quién era ese tío? —quiso saber Foley.

—Eso fue lo que me pareció interesante —dijo Dillon—. Era Eddie Coyle. Curioso, ¿eh?

12

—Me manda el Pato —dijo Jackie Brown a una maltratada puerta de color verde de la tercera planta del desvencijado edificio de viviendas. A su alrededor flotaba un intenso olor a verdura.

La puerta se abrió despacio y sin ruido. La luz se coló por la rendija y Jackie Brown volvió a ajustar la mirada en aquella atmósfera cargada. Vio el perfil de un hombre, un ojo y una oreja y parte de la nariz. A la altura de la cintura vio dos manos que agarraban el mango de una escopeta de dos cañones que medía poco más de un palmo.

—¿Y qué quiere el Pato? —preguntó el hombre, que llevaba barba de varios días.

—A veces el Pato quiere que lo ayude —respondió Jackie Brown— y yo lo hago. Y ahora quiere que tú me ayudes a mí, a cuenta de ello.

—¿Qué clase de ayuda, exactamente? —dijo el tipo sin afeitar.

—Supón que dijera que necesito diez pipas y que tengo dinero para pagarlas ahora mismo —respondió Jackie Brown—. ¿Serviría eso de algo?

La puerta se abrió del todo y el tipo sin afeitar retrocedió, aunque mantuvo la escopeta al nivel de la cintura.

—Entra —dijo—. Supongo que sabes lo que puedo hacer con esto si decido que no me gusta lo que dices. Entra y cuéntame qué te llevas entre manos.

Jackie Brown entró en el apartamento. Estaba decorado con una alfombra blanca y peluda de pared a pared, unas gruesas cortinas naranja y unas sillas negras. Delante de un sofá negro de cuero había una larga mesita baja de cristal cromado. En el sofá había cojines naranja y dorados. Una chica rubia de pelo largo que vestía un mono de cachemira blanco, con la cremallera de delante muy bajada y sin sujetador, estaba acurrucada en el sofá. De unos altavoces que no se veían, le llegó la voz de Mick Jagger cantando con los Rolling Stones. En la pared, iluminado por una lámpara de globo que colgaba de un brazo plateado, un póster blanco con letras naranja decía: «Altamont. Esta es la próxima vez».

—Bonito sitio —dijo Jackie Brown.

—Déjanos solos, Grace —dijo el hombre sin afeitar.

La chica se levantó y salió de la sala.

—A ver ese dinero —dijo el hombre sin afeitar.

—Hablemos de lo que va a comprar ese dinero —replicó Jackie Brown—. Quiero diez fuscas, del 38 o mejores. Las quiero ahora. El Pato dice que las tienes.

—¿Cuánto tiempo hace que conoces al Pato? —preguntó el tío sin afeitar.

—Desde que me enchironaron en Weirs, hace cinco años, y él estaba en la celda de al lado —respondió Jackie Brown.

—¿Todavía eres motero? —preguntó el hombre sin afeitar.

—No —respondió Jackie Brown—. Eso fue antes de saber que se podía ganar dinero. En aquella época, solo me divertía.

—¿Has visto a alguno de los moteros? —preguntó el hombre sin afeitar.

—Vi a algunos hace un par de años —respondió Jackie Brown—. Resulta que yo estoy por aquí, haciendo unos pequeños negocios y veo a muchos de esos chicos en cierto sitio, a las afueras de la ciudad, así que me detengo, paso un rato allí y resulta que es Lowell, que finalmente ha conseguido la condicional. Se supone que el jefe estaba en la ciudad.

—Estuvo aquí —dijo el hombre sin afeitar—. Hubo una reunión en la cumbre.

—En la cantera de arena —dijo Jackie Brown—. Sí, ya lo sé. Oí que algunos de los Discípulos y de los Esclavos querían hacer negocios conmigo, pero dije que no y les mandé el mensaje, no, ya no me dedico a eso. Y, en cualquier caso, si tuviera que hacer negocios con alguien, y ten en cuenta que no sé con quiénes estás, los haría solo con los Ángeles del Infierno. Que yo sepa, de todos mis amigos, los que siguen en eso están con los Ángeles y, ¿sabes?, uno no cambia en eso.

—¿Alguna vez haces negocios? —dijo el hombre sin afeitar.

—Escucha una cosa —dijo Jackie Brown—. ¿Por qué no bajas eso de una puñetera vez y hablamos? Tengo un poco de prisa. Tengo que ver a un tío bastante al sur de aquí y esta noche me gustaría cenar a alguna hora, joder. No, no he vendido nada a los Ángeles. Lo que yo vendo son armas cortas, no escopetas como la tuya. Los Ángeles no quisieron nada de eso, del material que yo vendía.

El hombre sin afeitar puso el seguro de la escopeta. La bajó, pero no la soltó.

—Creo que podré conseguirte esas diez —dijo—. Te costarán quinientos pavos y tengo que advertirte de que es un material muy buscado. Y para ir a pillarlo, hay que ir lejos. La pasta por delante.

—La pasta por delante —dijo Jackie Brown. Sacó la cartera y, de ella, un fajo de billetes de cincuenta. Separó diez.

—¿No tienes nada más pequeño? —preguntó el hombre sin afeitar.

—No —respondió Jackie Brown—. Es dinero americano. Además, ¿para qué demonios quieres billetes de veinte o de diez? De esos corren muchísimos falsos. Los de cincuenta están bien y son seguros. ¿Hay que ir muy lejos?

—Una hora en coche —dijo el hombre sin afeitar—. Grace, voy a salir. Ya volveré.

—¿En qué dirección? —quiso saber Jackie Brown.

—¿Por qué? —preguntó el hombre sin afeitar.

—Porque si es hacia el sur, cogeré el coche y te seguiré —respondió Jackie Brown—. Ya te lo he dicho, esta noche tengo que volver otra vez hacia allí.

—No vas a coger ningún coche —dijo el hombre sin afeitar—. Iremos en el mío. No importa dónde vayamos. Ven, saldremos por la puerta trasera.

—Jesús —dijo Jackie Brown—. Esta noche, cuando llegue a casa, ya será de día.

13

En Desi's Place de la calle Fountain, en Providence, Jackie Brown encontró a un chico con el pelo moreno y graso y una tez enfermiza. Vestía una barata camisa deportiva de cuadros y unos pantalones de algodón y necesitaba un afeitado. Parecía preocupado. Estaba sentado en un reservado al fondo del local, a solas.

Jackie Brown se detuvo junto a su mesa y le dijo:

—Si te dijera que ando buscando a un tipo que estuvo en los Marines con mi hermano, ¿crees que podrías ayudarme?

Al chico se le llenaron los ojos de emoción.

—Empezaba a preocuparme —dijo—. Dijiste que estarías aquí a las siete y media. Ya me he comido tres platos de huevos.

—Tendrías que pasar de los huevos —dijo Jackie Brown—. Los pedos de huevo huelen peor que los de cerveza.

—Me gustan los huevos —replicó el chaval—. Lo que quiero decir es que allí siempre son de polvos, huevos revueltos. Cada vez que tengo un poco de libertad, salgo y me pido unos de verdad.

—¿Y también pides galletas? —le preguntó Jackie Brown.

—¿Qué? —dijo el chico.

—No, nada —respondió Jackie Brown—. No he venido hasta aquí para hablar de huevos, joder. He venido a hacer una cosa. Hagámosla. ¿Adónde vamos?

—Mira —dijo el chico—, no sé si todavía están aquí. Quiero decir que casi son las diez, ¿entiendes? No tengo manera de ponerme en contacto con ellos. Se suponía que íbamos a estar allí a las ocho y cuarto. Ya no sabía qué hacer.

—¿Tenemos que ir en coche a algún sitio? —inquirió Jackie Brown.

—Pues claro —dijo el chico—. Ese era el plan. Me dejaron aquí para que te esperase y ellos se marcharon, ¿sabes? Y entonces yo tenía que llevarte allí a las ocho y cuarto y ocuparme del asunto. Así entendí que lo íbamos a hacer, quiero decir. Llevamos retraso, eso es todo. Lo único que te digo es que no sé si estarán allí todavía. No podemos hacer otra cosa que ir a comprobarlo. No es culpa mía.

—¿Adónde tenemos que ir? —quiso saber Jackie Brown—. Y no me digas que es en dirección sur.

—Pues sí, es hacia el sur —respondió el chico—. Tenemos que seguir la carretera hasta el lugar en el que estábamos citados. Lo íbamos a hacer así.

—Dios —dijo Jackie Brown—. Llevo todo el día en la carretera, maldita sea. Bueno, vamos.

El chico se quedó muy impresionado con el Roadrunner.

—¿Cuánto te costó? —preguntó.

—Mira, no lo sé —respondió Jackie Brown—. Lo compré hace cosa de un año. Cuatro mil, me parece.

—¿Lleva el motor Magnum? —quiso saber el chaval.

—No. Es un Hemi —dijo Jackie Brown—. Un Hemi 383. Funciona.

—¿Y cómo es que llevas cambio automático? —dijo el chico—. Si yo tuviera uno, me gustaría que fuese un cambio manual Hurst.

—Cuando empezaras y no pararas de comprar embragues para él, no te gustaría tanto —dijo Jackie Brown—. Sueltas esa cosa unas pocas veces y enseguida empiezas a oír fuertes ruidos en el protector del embrague. O salta una marcha y las válvulas amenazan con atravesar el capó como si fueran balas. Pero la transmisión automática Torqueflite es bastante buena; con el diferencial de deslizamiento limitado consigues una buena tracción y acelera que da gusto. ¿Adónde vamos?

—Mira, toma la autovía hacia el sur. Si quieres, con este buga, podemos estar allí dentro de cinco minutos.

—No quiero —dijo Jackie Brown—. Si esta noche me pillaran con lo que llevo, no volvería a ver la luz del sol. Hay un límite de velocidad en todo el trayecto.

—Mierda —dijo el chico—. Siempre he querido ver qué puede hacer un cacharro como este.

—Bueno, yo te lo contaré —replicó Jackie Brown—. Si me consigues veinticinco o treinta rifles más de estos, podrás comprarte uno y comprobarlo por ti mismo, pero esta noche voy a cumplir la ley y no hay más que hablar.

El Roadrunner salió de la interestatal 495 por la rampa de Warwick-Apponaug y recorrió las calles tranquilas con un ronroneo del motor.

—Sigue recto por aquí un kilómetro y medio o así y cuando casi llegues a East Greenwich, dobla a la derecha. Pero tienes que mantener los ojos bien abiertos porque desde allí baja hasta el agua y entonces tienes que doblar a la derecha de golpe y tomar una carretera sin asfaltar.

—¿Dónde demonios me estás llevando? —preguntó Jackie Brown.

El coche entró con una sacudida en una calle estrecha que bajaba una cuesta empinada. Las ramas que colgaban de los árboles rozaron el techo y los laterales del vehículo. Cada vez que el coche daba un tumbo, los faros iluminaban las copas de los árboles. Al pie de la colina, la carretera terminaba junto a un pequeño edificio rojo y unos amarres para yates. Unos pequeños botes de mariscar estaban cómodamente anclados en las aguas oscuras.

—Ahora, a la derecha —dijo el chico—. Sigues unos cien metros y llegarás a un claro. Ahí es donde están ellos. En la parte de atrás hay una granja de caballos. Puedes alquilar uno y salir a montar.

Jackie Brown metió el morro del Roadrunner en la zona de aparcamiento sin asfaltar que había delante del edificio rojo. Apagó los faros. Puso la marcha atrás y salió reculando. Cuando se detuvo, el coche estaba encarado hacia la colina que acababan de bajar. La luna se reflejaba en el agua del embarcadero. Jackie Brown puso el coche en punto muerto, abrió la ventanilla y dejó que el aire salado entrara en el coche.

—Baja —dijo.

—No —dijo el chico—. Allí, en lo alto de la colina.

—Exacto —dijo Jackie Brown—. Baja, sube caminando, llama a tus amigos y baja con ellos y los rifles. El negocio lo haremos aquí, no allí.

—¿Por qué? —preguntó el chico.

—Porque creo que te conviene hacer ejercicio —respondió Jackie Brown—. Los caballos me dan miedo. Me gusta la luz de la luna. Y no soy tan estúpido como para meter este coche en el bosque y encontrarme con dos tipos con ametralladoras que saben que tengo el dinero. La vida es dura, pero todavía lo es más si cometes estupideces. Ahora, baja y ve a buscarlos. Yo esperaré aquí. Cuando vuelvas, ya te diré lo que hay que hacer a continuación. Vamos, muévete.

El chico se apeó y cerró la puerta. Jackie Brown alargó el brazo y la cerró por dentro. De la guantera sacó una automática cromada del 45. Encendió las luces interiores, comprobó el seguro de la automática, movió la corredera hacia atrás y metió una bala en la recámara. Soltó la corredera, quitó el seguro y dejó la pistola en el salpicadero. De un compartimento, sacó una linterna cromada, la enchufó en el encendedor y la colocó en el salpicadero, al lado de la pistola. El motor Hemi ronroneó quedamente. Oyó los botes chapoteando en los amarres. Observó la carretera con atención.

Tres figuras llegaron a la zona de aparcamiento iluminada por la luna. Dos de ellas llevaban rifles. Se aproximaron con cautela.

—Hasta ahí está bien —les dijo, enfocándolos con la linterna—. Vosotros dos, los de los rifles, dádselos al tipo que estaba conmigo. Y luego, quedaos quietos.

El chico tuvo problemas para cargar todos los rifles en los brazos.

—Ahora, ven al coche. Cuando llegues, abriré el maletero desde dentro. Déjalos ahí y yo cerraré. Acércate a la ventanilla y te daré el dinero. Los demás, os quedáis quietos y tranquilos. Os estoy apuntando con uno del 45. La más mínima tontería y os meto un buchante.

El chico hizo lo que le habían dicho. Jackie Brown pulsó el botón de apertura del maletero con la rodilla. Oyó que el maletero se abría de golpe. Oyó el sonido metálico de los rifles al caer en el compartimento de las maletas.

—Cierra el maletero, joder —dijo y, al oír que se cerraba, añadió—: Acercaos pero no me tapéis la luz.

El chico se acercó a la ventanilla.

—¿Dónde está la munición? —preguntó Jackie Brown.

—¿Eh? —dijo el chico.

—¿Dónde están las malditas balas, joder? —dijo Jackie Brown—. Os encargué quinientas. ¿Dónde coño están?

—Oh —respondió el chico—. No hemos podido conseguir la munición.

—No la habéis conseguido —dijo Jackie Brown—. Habéis robado los malditos rifles de la tienda pero no habéis conseguido balas. ¿Qué demonios queréis que haga con rifles sin balas? No puedo conseguirlas en otro sitio.

—Escucha —dijo el chico—, te las conseguiremos, hablo en serio. Lo que ha ocurrido es que el chico que iba a dárnoslas está enfermo. Cuando llegamos, no había ido a trabajar y no quisimos correr el riesgo de conseguirlas a través de otro del que no supiéramos seguro que no nos causaría problemas.

—Muy bien —dijo Jackie Brown—, voy a ser amable con vosotros. Aquí están los quinientos por los rifles. Tendría que quedarme doscientos porque me habéis dejado tirado con la munición, pero, qué carajo, mi punto flaco es la amabilidad. Cuando tengáis el resto del material, me llamáis, ¿de acuerdo?

—De acuerdo —dijo el chaval—. Muchas gracias.

—Y pasa de los huevos —dijo Jackie Brown—. Acabarán contigo antes de tiempo.

14

Foley y Waters estaban sentados en la oficina del jefe con los pies encima del escritorio y la televisión murmuraba los últimos minutos del programa de David Frost.

—Te agradezco que hayas esperado, Maury —dijo Foley—. Hoy no tenía pensado verte, pero es que recibí esa llamada y, después de hablar con él, decidí que sería mejor venir.

—No pasa nada —dijo Waters—. Mi mujer no deja de decirme que no debería hacer esto, quedarme en unas dependencias del gobierno después de mi jornada laboral, pero, he pensado, qué carajo, se supone que debo pillar a esos malditos críos de las bombas. Lo justo es darles la oportunidad de intentarlo conmigo, ¿no?

—Escucha —dijo Foley—, tengo que dejar esto de Narcóticos de una vez por todas. Eddie Dedos anda metido en algo. De repente, el tipo está en todas partes, primero viene a verme, luego hoy me dicen que se trae algo entre manos con Scalisi. Primero son los hermanos y ahora los mafiosos, y mientras tanto deja de contactar conmigo. Creo que será mejor que siga un tiempo con esto. Quizá llegue a convertirse en algo.

—¿Has hecho comprobaciones con los Panteras? —quiso saber Waters.

—Mierda, pues claro —respondió Foley—. Llamé al viejo Deetzer, ¿a quién iba a llamar, si no? Es de confianza. No sabe nada, me dijo. Hace un año por lo menos que le digo a Chickie Leavitt que tendríamos que infiltrar a alguien ahí, pero no lo hacemos para no gastar dinero, joder. Deetzer sabe lo mismo que yo sobre lo que está ocurriendo, lo que pasa es que él es sincero y lo reconoce.

—Se supone que el Buró ha metido a alguien ahí —dijo Waters.

—¿Hemos llamado al Buró? —preguntó Foley—. No, supongo que nadie lo ha hecho.

—Hemos llamado al Buró —replicó Waters—. Yo mismo lo he hecho. No saben nada. Dicen que lo investigarán.

—Y muchas gracias por llamar —dijo Foley—. ¿Y qué hay de la policía estatal? ¿Están haciendo algo?

—Por lo que a ellos respecta, todo va bien —respondió Waters—. Y para el Departamento de Policía de Boston, lo mismo. Me parece que Coyle te ha estado tomando el pelo.

—Sí, a mí también me lo parece —dijo Foley—. Lo que quiero saber es qué demonios se lleva entre manos. El hijo de puta no es un baranda, ni mucho menos, pero se mueve más que nadie. Un día está aquí y al día siguiente está allá, como si fuera un perro sin hogar. Me conformaría con tener información de la mitad de todo lo que está haciendo.

—¿Trabaja en algún sitio? —inquirió Waters.

—Sí —respondió Foley—, en una empresa de transporte, Arliss Trucking. Hace el turno de noche en el almacén, pero intenta encontrarlo allí... Trabaja menos que Santa Claus.

—Arliss Trucking —repitió Waters—. ¿Dónde he oído yo eso?

—Está en ocho o diez expedientes —respondió Foley—. Es una tapadera de los muchachos, maldita sea. Todos tienen ingresos declarados de esa empresa pero ninguno de ellos trabaja allí. No había visto nunca a tanta gente contratada para un negocio tan pequeño. Son los propietarios registrados de nueve Lincoln Continental y de cuatro Cadillacs, por lo menos. El alemán vio el otro día a Dannie Theos en un gran Bird de color marrón y anotó la matrícula. Es un coche registrado a nombre de Crystal Ford y lo ha alquilado a Arliss Trucking.

El programa de Frost terminó y empezó el noticiario. El presentador dijo:

—A primera hora de la mañana, en Wilbraham, cuatro hombres armados irrumpieron en la casa de un joven empleado de banco, aterrorizaron a su familia y lo obligaron a entregarles el contenido de la caja fuerte de la sucursal del Connecticut River Bank de esa localidad. Las autoridades calculan que el botín ascendió a ochenta mil dólares y señalan que el atraco ha sido casi idéntico al cometido el lunes pasado en el First Agricultural and Commercial Bank de Hopedale. El FBI se ha hecho cargo del caso y ha emprendido una investigación a gran escala.

—¿Scalisi opera de ese modo? —preguntó Waters.

—Si quieres que te sea sincero, no sé mucho de Scalisi —dijo Foley—. Mi amigo dice que, últimamente, Scalisi ha estado de lo más ocupado, tanto que no puede quedarse junto a un teléfono el tiempo suficiente para esperar a que le llamen. Pero siempre he pensado que Scalisi era un asesino a sueldo y que no se dedicaba a otras cosas.

—Diversifican —dijo Waters.

—Lo sé —asintió Foley—. Ese amigo mío regenta un bar y sé perfectamente bien que tiene otros intereses y él sabe que yo lo sé, pero seguro que está metido en todo tipo de historias con las que yo ni siquiera he soñado, aparte del bar. Es un tipo extraño. Calculo que habré hablado con él unas cien veces y no sabría decirte cuánto de lo que me ha dicho es verdad. Yo le suelto un billete de veinte y él siempre se queja de que es poco, y, sin embargo, sé que se lleva algo entre manos, es algo que se nota. Es como si estuvieras en una película y el otro está en la película contigo, y él sabe que los dos estáis en una película y también lo que viene a continuación y, en cambio, tú no sabes nada. Nunca dejo de tener la sensación de que juega conmigo.

—¿Y qué crees que está haciendo? —preguntó Waters.

—Cuesta saberlo —respondió Foley—. Lo que hace conmigo es fácil. Si lo pillan, vendrá y me dirá «Eh, necesito un poco de ayuda. Yo te he ayudado a ti. ¿Eres un tipo legal o no?», pero la mitad de las cosas que le sonsaco, son cosas que descubro hablando con él. Él no sabe que me las está contando. Y la otra mitad, bueno, normalmente son cosas sobre otros. Sobre alguien que no le cae bien o que lo ha amenazado y ahora quiere desquitarse. Estoy casi seguro de que tuvo algo que ver con que se cargaran al Polaco, me apostaría la vida. Lo vi otra vez, hace poco, llevaba mucho tiempo sin verlo, y le dije «¿Seguimos siendo amigos, Dillon?», eso fue después de ver a Eddie Dedos en la plaza. Y me suelta ese largo y retorcido galimatías de que tiene miedo, de que no puede hablar conmigo, de que no puede testificar en el gran jurado como le he pedido y de que en la ciudad está todo muy parado. Bueno, el único gran jurado del que he oído hablar es el del fiscal del distrito y eso está relacionado con la muerte del Polaco y han pillado a ese otro tipo, ¿Stradniki? ¿Stradnowski?

—Stravinski —dijo Waters—. Jimmy el Ballena.

—El polaco —dijo Foley—. Sí, ese. Han pillado al otro polaco. No estoy interesado en ese caso, por el amor de Dios. Al Polaco se lo cargaron hace dos años, no tiene nada que ver conmigo. Pero mi amigo está tan preocupado por ello que, cuando empecé a preguntarle por otra cosa, se quedó más aliviado que si hubiera echado por fin una meada después de pasarse cuatro días bebiendo cerveza. Y así fue como me enteré de ese otro asunto. En realidad, me lo dio a cambio de nada, de lo a gusto que se había quedado de que no lo presionara.

—¿Y quién más estaba implicado? —dijo Waters—. En la muerte del Polaco.

—Una banda de ladrones como él —dijo Foley—. En todo caso, eso es lo que imagino. El Polaco no hizo nunca otra cosa que robar, pero empezó a volverse perezoso. Se llevaron material por valor de cien mil dólares de un almacén, Allied Storage, ¿no te acuerdas? Y entonces, alguien se lo robó a los ladrones. Parece que en la Zona de Combate hubo una especie de guerra durante un tiempo y el Polaco apareció muerto en el maletero de un Mercury, en Chelsea. He oído que fue Artie Van.

—Ese sí que es un tipo interesante —dijo Waters—. Siempre he pensado que Artie Van ha hecho muchas más cosas de las que se le atribuyen.

—Un tipo realmente enigmático —dijo Foley—. Y de lo más fiable, por lo que he oído. Hasta que va a la cárcel. Entonces, la gente sí que empieza a preocuparse. Pero, mientras está en la calle, es duro como los clavos y los anzuelos de pescar. Me contaron que cada vez que había un trabajo difícil, llamaban de Providence y hacían que Artie Van se encargase. Pero solo son cosas que he oído.

—¿Y no has oído nada sobre Artie Van y Jimmy Scalisi?

—Juntos, no —respondió Foley.

—Me estaba preguntando si no crees que Van y Scalisi retiraron ese dinero de los bancos.

—Es una posibilidad —dijo Foley—. Lo que me pregunto es cómo encaja Eddie Coyle en todo esto.

—Supongo que Eddie Coyle fue quien les suministró las armas —dijo Waters—. Bueno, lo que estoy haciendo es pensar en voz alta.

—Es difícil saberlo —dijo Foley—. Coyle es un delincuente de poca monta. Increíblemente molesto, pero no es más que un delincuente de poca monta. No veo cómo puede encajar ahí. Debería hacer averiguaciones.

—¿Y por qué no las haces? —dijo Waters—. Llamaré a Narcóticos y les diré que te necesito un par de semanas más. Estoy seguro de que lo entenderán.

15

Jackie Brown entró despacio con el Roadrunner en el aparcamiento del centro comercial Fresh Pond, estacionó en el centro de una hilera de coches y paró el motor. Consultó el reloj. Eran las dos y cincuenta y ocho. Abrió la guantera y sacó un casete. Lo puso en el reproductor. Johnny Cash empezó a cantar sobre la prisión de Folsom.

A las tres y cinco, Jackie Brown se había adormilado y el mazas llamó al cristal de la ventanilla. Jackie Brown volvió la cabeza de golpe. El mazas llevaba un carrito lleno de bolsas de la compra. Con un gesto, le indicó a Jackie Brown que se apeara del coche.

—¿Dónde están? —preguntó el mazas.

—En el maletero —respondió Jackie Brown.

—¿Metidas en algo? —inquirió el mazas.

—En una caja —dijo Jackie Brown—. Una caja grande con unos periódicos dentro.

—De acuerdo —dijo el mazas—. Aquí tengo una bolsa extra. Toma. Iremos al maletero y tú lo abrirás. Meteré algunas de esas bolsas dentro como si yo te hubiese hecho la compra. Tú pones las pipas en la bolsa y pones la bolsa en el carrito. Nadie prestará la más mínima atención.

—¿Dónde está la pasta? —preguntó Jackie Brown.

—Aquí —respondió el mazas, tendiéndole seiscientos dólares en billetes de veinte y de diez.

—¿Son auténticos? —preguntó Jackie Brown.

—Si no lo son —respondió el mazas—, me llamas y me pondré en contacto con mi banquero. Se llama McCoy, creo. ¿Quieres contarlo?

—No —dijo Jackie Brown—. No tengo demasiado tiempo. Se supone que a las cuatro y media tengo que estar en la estación de tren de la Ruta 128. Vámonos.

—De acuerdo —dijo el mazas. Volvió a acercar el carrito al maletero.

—¿Qué hay en esas bolsas, joder? —quiso saber Jackie Brown.

—Tres de ellas están llenas de pan —respondió el mazas—. En el resto hay carne y patatas y algo de cerveza y verduras, cosas así.

—¿Y qué me das? —preguntó Jackie Brown.

—El pan —respondió el mazas—. El pan siempre viene bien, puedes dar de comer a las puñeteras palomas, joder. O a las ardillas. A las ardillas les encanta el pan.

—¿Tu mujer también te manda a hacer la compra? —dijo Jackie Brown.

—Amigo —respondió el mazas—, vas mal de tiempo y yo también tengo un poco de prisa. No tengo tiempo de explicarte lo que es la vida de casado y, además, tampoco te lo creerías. A mí, cuando me lo contaban, tampoco me lo creía y tú no te la creerías aunque te lo contase. Y ahora, manos a la obra.

Jackie Brown abrió el maletero. Dentro había una caja de cartón que parecía estar llena de periódicos. Encima de ellos, estaban las cinco M-16.

—Jesús—dijo el mazas.

—No te cagues patas abajo —dijo Jackie Brown—. Son para otra persona. Lo tuyo está dentro de la caja, como te he dicho.

—Por el amor de Dios, mét------s en la bolsa y date prisa —dijo el mazas—. Parecen rifles del ejército.

—Bueno, son militares —replicó Jackie Brown.

—¿Ametralladoras? —inquirió el mazas.

—Ametralladoras —asintió Jackie Brown—. Lo único que supera a las ametralladoras es el Colt, el AR-15. Pero estas están muy bien. ¿Quieres verlas?

—No —respondió el mazas y empezó a meter bolsas de pan en el maletero—. Llena la bolsa, maldita sea.

Jackie Brown metió la bolsa de armas cortas en el carrito.

—¿Satisfecho? —preguntó.

—¿Por qué no pones un par de panes encima? —apuntó el mazas—. Por si a alguien le pica la curiosidad.

Jackie Brown puso dos paquetes de pan de molde Sunbeam encima de los revólveres.

—Llevas nueve del 38 y una del 357 —dijo—. Es un buen material. Espero que agradezcas lo que he hecho por ti.

—Amigo —dijo el mazas—, tu nombre está escrito en ese gran libro de oro que hay en el cielo. Me mantendré en contacto contigo.

Jackie Brown observó al mazas, que empujaba el carrito por el aparcamiento hasta que desapareció detrás de un camión. Jackie Brown cerró el maletero del Road-

runner y montó en el coche. Cuando pasó junto al camión, el mazas se estaba incorporando del maletero de
un Cadillac. La placa de matrícula quedaba oculta detrás de sus piernas. Jackie Brown lo saludó con la mano
y el mazas hizo como que no lo conocía.

—Ya oiré hablar de eso —dijo Jackie Brown—. Seguro
que sí.

16

Con las manos en los bolsillos, Eddie Coyle apoyó la espalda en el poste de metal verde que sostenía los soportales del centro comercial encima de las cabinas de teléfono. Dos mujeres movían los labios como si deliberasen sobre cada palabra de los cientos que pronunciaban. Un hombre pequeño con un polo de color dorado estaba plantado con el receptor en la oreja y un aire de resignación en la cara. De vez en cuando, decía algo.

El hombre salió primero.

—Lamento haber tardado tanto —dijo.

—Tranquilo —dijo Eddie Coyle—. Yo también haré una llamada larga.

El hombre sonrió.

Una vez en la cabina, Eddie Coyle metió una moneda de diez centavos y marcó un número de Boston.

—Eh, ¿está Foley? —preguntó cuando le respondieron. Hizo una breve pausa—. No, no quiero decir de parte de quién. Pásame a Foley y déjate de monsergas.
—Hizo otra pausa—. Dave —dijo—, me alegro de encontrarte ahí. ¿A qué viene eso de quién es? Tenemos

amigos comunes en New Hampshire. Sí, soy Eddie. ¿Te acuerdas de que querías una razón poderosa? ¿Sí? Pues aquí la tienes. Esta tarde, a las cuatro y media, un chico con un Roadrunner azul metálico, matrícula de Massachusetts KX4-197, va a encontrarse con cierta gente en la estación de tren de la 128. Va a venderles cinco ametralladoras M-16. Las armas están en el maletero del Roadrunner. —Coyle hizo una nueva pausa—. KX4-197 —continuó—. Roadrunner azul metálico. El chico tiene unos veintiséis años y pesa unos ochenta kilos. Pelo negro, bastante corto. Patillas. Chaqueta de ante. Vaqueros Levi's, unos Levi's azules. Botas de ante marrones con flecos. Lleva gafas de sol casi siempre. —Coyle hizo otra pausa—. No sé a quién va a vendérselas. Si fueras allí, tal vez te enterarías. —Coyle hizo una nueva pausa—. Supongo que sí —dijo—. Y ahora grábate esto en la cabeza, ¿de acuerdo?: yo he cumplido. —Coyle hizo otra pausa—. De nada —dijo—. Siempre es un placer hacer un favor a un amigo con buena memoria.

Eddie Coyle colgó el teléfono con delicadeza. Abrió la puerta de la cabina y encontró a una mujer gorda de unos cincuenta años que lo miraba fijamente.

—Ha tardado lo suyo —le dijo.

—Estaba llamando a mi madre. La pobre está enferma.

—Oh —dijo ella y enseguida relajó la expresión y se mostró compasiva—. Lo siento. ¿Lleva mucho tiempo enferma?

—Que la jodan, señora —sonrió Eddie Coyle—, a usted y a la madre que la parió.

17

Jackie Brown quedó atrapado en un atasco de tráfico en Watertown. Logró escapar de él un momento y volvió a quedar atrapado en Newton. Al llegar a la 128, el Road-runner se encontró con una vía de tres carriles atestada de trabajadores del primer turno de las fábricas de electrónica que volvían a casa y avanzó a unos discretos ochenta kilómetros por hora. En Needham había habido un accidente con tres coches implicados y esperó pacientemente en el carril central, rodeado de miles de vehículos, mientras el sol descendía y caía el atardecer. A las cuatro y diez, consiguió liberarse del atasco y volvió a los ochenta por hora. Tomó la rampa que salía a la estación de tren de la 128 a las cuatro y veinticinco. Avanzó a treinta kilómetros por hora hasta el aparcamiento en busca del microbús marrón. Como no lo vio, aparcó cerca de la estación. Abrió la guantera y sacó un casete. Lo metió en el reproductor y Glen Campbell empezó a cantar. Jackie Brown, que tenía los ojos enrojecidos e hinchados, se hundió en el asiento de cuero y cerró los ojos. En las últimas veinticuatro horas, había conducido casi quinientos kilómetros y solo había dormido cuatro horas.

Dave Foley y Keith Moran estaban sentados en el Charger verde, a dos hileras de coches aparcados.

—Podríamos detenerlo ahora —dijo Moran.

—Podríamos —dijo Foley—. Y también podríamos hacer lo que hemos venido a hacer, que es esperar a ver quién se presenta a comprar el material. Y eso es lo que vamos a hacer.

En la entrada de la estación, Ernie Sauter y Deke Ferris, de la policía estatal de Massachusetts, vestidos con chaquetas deportivas y pantalones anchos, conversaban de manera informal. Ferris estaba de espaldas al Roadrunner.

—¿Qué dices? —preguntó—. Podríamos detenerlo ahora mismo.

—Sí —dijo Sauter—. Y entonces Foley nos dispararía y tendría razón. Cálmate de una vez, joder.

Llegó un Skylard descapotable de color azul y estacionó en la misma hilera que Jackie Brown, a seis coches de distancia. El conductor era Tobin Ames. El pasajero era Donald Morrissey.

—¿Foley ya está aquí? —preguntó Morrissey.

—Me parece que es ese de ahí —dijo Ames—. El del Charger verde. ¿Es él?

—Sí, es él —dijo Morrissey.

—No le quites el ojo de encima —dijo Ames—. Yo vigilaré el Roadrunner. Cuando Foley se mueva, dímelo.

A las cuatro cuarenta y ocho, cuando el microbús marrón entró en el aparcamiento procedente del carril norte de la 128, ya casi había atardecido. Recorrió la primera hilera del aparcamiento hasta el final y enfiló la segunda en dirección contraria a unos quince kilómetros por hora, dando sacudidas cuando el motor necesitaba revoluciones, acelerando y reduciendo otra vez la velocidad. Mientras el vehículo avanzaba, las cortinas de las ventanillas se movían. Redujo momentáneamente la velocidad detrás del Roadrunner y luego continuó hasta la siguiente hilera. El conductor encontró un espacio y aparcó el microbús. Un joven de pelo largo y cara hinchada se apeó por el lado izquierdo. Llevaba una camisa de franela azul, una chaqueta deportiva de pana oscura, un pantalón con peto azul y botas negras. Por la otra puerta apareció una chica delgada de unos veinte años que tenía el pelo rubio, muy fino y corto. Vestía unos pantalones Levi's y una camisa de algodón azul.

Los dos se detuvieron detrás del autobús y cruzaron unas palabras. Luego caminaron hacia el Roadrunner.

—No son negratas —dijo Tobin Ames—. No son negratas en absoluto. Son blancos.

—Oh, calla, Tobin —dijo Morrissey—. No esperarás que siempre haya un cabrón de los vuestros metido en el ajo.

La voz de Morrissey sonaba algo ahogada. Se volvió y agachó el cuerpo a fin de coger dos Remington de cañón corto, escopetas del calibre 12, que estaban en el suelo de la parte trasera. De la chaqueta sacó diez cartuchos rojos de postas doble cero y empezó a cargar el arma.

Mientras, en el Charger, Foley preguntó:

—¿Los reconoces?

—No —respondió Moran—. Parecen estudiantes radicales, pero hay muchos jóvenes que parecen estudiantes radicales y no lo son. Y también hay muchos que no lo parecen pero lo son.

—Recuerda que estos tipos buscan ametralladoras —dijo Foley.

—Eso tendría que distinguirlos —dijo Moran—, pero no los reconozco de ningún sitio. En cualquier caso, a todos esos hijos de puta los veo iguales.

Foley y él continuaron sentados con las escopetas en el regazo.

Ernie Sauter vigilaba al joven y a la chica por encima del hombro de Ferris desde el andén de la estación.

—Vaya par de rufianes, joder —dijo—. Son militantes. ¿Sabes una cosa, Deke? Alguien está loco. No sé si ellos o yo, pero es evidente que alguien está totalmente loco. Ojalá lo supiera, así lo sabría, ¿entiendes?

El joven se inclinó hacia el Roadrunner y llamó al cristal con los nudillos. Jackie Brown abrió el ojo izquierdo. Sin darse ninguna prisa, bajó la ventanilla.

—¿Sí? —dijo.

—Mira —dijo el joven—, lamento tener que molestarte y todo eso, pero ¿no teníamos una cita o algo así? ¿No habíamos quedado en encontrarnos aquí?

—Sí —dijo Jackie Brown.

—¿Y bien? —preguntó el joven.

—Y bien, ¿qué? —dijo Jackie Brown.

—¿Vamos a hacer algo o no? —dijo el joven.

—Claro —respondió Jackie Brown—. Mira a tu alrededor.

—Déjate de jueguecitos, joder —dijo la chica—. ¿Qué coño pasa aquí? ¿Por qué nos has traído a un sitio plagado de gente para vendernos las ametralladoras? ¿Es una broma o qué?

—Soy un hombre muy cauteloso —respondió Jackie Brown—. Mi plan es quedarme aquí sentado un par de horas y echar una cabezada, quizá. Si entretanto no se marchan todos los coches que he visto cuando he llegado, lo sabré. Hacia las seis y media, sabré si estáis intentando delatarme. Si no es así, os diré algo e iremos a otro sitio, os daré las ametralladoras, vosotros me daréis la pasta y asunto concluido.

—¿Y nos has hecho venir hasta aquí para que hagamos de señuelos? —inquirió la chica.

—Mi negocio consiste en no ir a la cárcel —dijo Jackie Brown—. Ahí dentro, en el maletero, llevo cinco cadenas perpetuas. Hago todo lo que sea necesario para no ir a la cárcel. Dentro de lo razonable, claro. Ahora, esperad. No he dormido en toda la noche y una siesta me vendría bien.

—¿Qué dices? ¿Que nos sentemos y esperemos? —dijo el joven.

—Mira —dijo Jackie Brown—. No me importa lo que hagáis. Mi intención es quedarme aquí y echar una cabezada y despertarme de vez en cuando. No tengo por costumbre pasar ametralladoras delante de todo el mundo, pero es una buena manera de saber si tenéis compañía, otra gente interesada en lo mismo. Podéis quedaros o marcharos. A las seis y media me largaré de aquí, iré a otro sitio. Podéis esperar por aquí o marcharos y regresar a las seis y media y, si todo va fetén, entonces os diré dónde encontrarnos.

—Mierda —dijo el joven.

—No —dijo la chica—. Este tío tiene razón, toda la razón. Estoy de acuerdo con él.

—Bueno, ¿y qué se supone que tengo que hacer?

—dijo el joven—. ¿Quedarme aquí sentado y desmayarme de hambre, joder?

—Podrías ir a comer algo —respondió Jackie Brown—. A unos nueve kilómetros de aquí hay un Ho-Jo.

—De acuerdo —dijo el joven—. Nos vamos a comer. Luego volvemos. Y entonces, ¿qué pasará?

—Ahora mismo, no lo sé —dijo Jackie Brown—. Si todos esos que estaban esperando trenes cuando he llegado ya no esperan trenes cuando vosotros volváis, iremos a otro sitio y os venderé las ametralladoras. Si para entonces todavía queda alguien de esos que estaban aquí cuando he llegado, quizá no lo haremos. Si lo hacemos, saldremos de aquí, nos meteremos en el tráfico y vosotros iréis hacia el sur o quizá hacia el norte, yo iré en la dirección contraria y nos encontraremos en un lugar que todavía no he decidido y yo os daré las ametralladoras y vosotros me daréis el dinero.

—Y munición —dijo la chica—. También nos pasarás munición.

—No —dijo Jackie Brown—. No he conseguido munición.

—Hijo de puta —dijo la chica.

—No voy a responder a eso —dijo Jackie Brown—. Os he conseguido las ametralladoras muy deprisa. No he conseguido munición. Si puedo conseguirla, lo haré. Lo estoy intentando. Pero ahora mismo no tengo nada de munición. Estoy trabajando en ello.

—¿Dónde conseguiremos la munición? —preguntó el joven.

—Si supiera dónde podéis conseguir la munición —dijo Jackie Brown—, yo mismo la iría a buscar y os la traería ya. Os aseguro que la conseguiré. Si podéis conseguirla vosotros solos, adelante. Si queréis que la busque yo, dejadme en paz para que lo haga. Francamente, me importa un carajo.

—Esto es una trampa —dijo la chica.

—Si crees que es una trampa —dijo Jackie Brown—, lo único que tenéis que hacer es montar en vuestro maldito cacharro y marcharos de aquí de una puta vez, no os preguntaré nada. No me perjudicáis. Tengo cinco ametralladoras y cincuenta personas, por lo menos, que querrían comprarlas. Haced lo que queráis, pero no ofendáis. A las seis y media, iré a un sitio. Si también queréis ir y que os pase unas ametralladoras, regresad aquí. Pensadlo bien.

—El dinero —dijo el joven—. Devuélvenos el dinero.

—A tomar por culo —dijo Jackie Brown—. Hemos hecho un trato. Yo todavía estoy dispuesto a seguir adelante. Si vosotros os echáis atrás, pues os echáis atrás, pero no os devolveré la pasta del adelanto.

—Hijo de puta —dijo el joven.

—Déjalo, Pete —dijo la chica—. Vamos a comer algo y hablaremos.

—Muy sensata —dijo Jackie Brown. Subió la ventanilla y apoyó la cabeza en el respaldo del asiento.

El joven y la chica se incorporaron y se alejaron del Roadrunner. Caminaron el uno al lado del otro y hablaron. Cuando llegaron al microbús, montaron en él. Las luces de freno se encendieron y el tubo de escape emitió un humo azulado. El vehículo salió del lugar donde estaba aparcado y recorrió el carril.

—Cabrones —dijo Foley.

—Eh, no te pongas tan nervioso —dijo Moran—. Tal vez vayan a situarse detrás del coche de él.

El microbús continuó por su carril y, al llegar al final, dobló a la derecha y tomó la rampa en dirección norte que salía del aparcamiento de la estación de tren.

—Cabrones —dijo Foley.

—Piensa deprisa —dijo Moran—. Antes de que se pierdan en el tráfico. ¿Podemos detenerlos por algo?

—No —respondió Foley—. Por nada, maldita sea.

—Bien —prosiguió Moran—, entonces tenemos dos posibilidades. Él todavía está aquí y parece que va a quedarse. Podemos esperar a que se marche y entonces detenerlo.

—Si no lo perdemos en el tráfico —dijo Foley.

—Exacto —dijo Moran—. O podemos esperar y tener la suerte de que los otros vuelvan y los pillamos a todos juntos.

—O vuelven y se van a otro sitio y los perdemos en el tráfico —dijo Foley.

—Exacto —dijo Moran—. Tres posibilidades. ¿Qué hacemos?

—El tipo no se mueve —dijo Foley—. Parece que está durmiendo, así que podemos esperar. Pero, si la cagamos, habrá cinco ametralladoras que irán a parar a manos del movimiento o algo así. ¿Cómo vamos a responder de eso?

—No lo sé —respondió Moran—. ¿Cómo?

—No podemos —dijo Foley—. A mí me parece que el trato ha salido mal. Pero tenemos suficiente como para arrestarlo ahora, ¿no?

—Exacto —dijo Moran.

—Déjame pensar —dijo Foley.

—Tú llevas el caso —dijo Moran.

—A por él —dijo Foley. Tocó el botón de destellos de

emergencia del salpicadero. Los intermitentes parpadearon cuatro veces en el oscuro crepúsculo.

En el andén de la estación, Sauter y Ferris desenfundaron unas Chief's Specials del calibre 38 y se las metieron en el bolsillo de la americana. Abandonaron juntos el andén y salieron a la hilera de aparcamiento, delante del Roadrunner y la fila de coches que lo bloqueaban.

Tobin Ames encendió el motor, salió despacio marcha atrás del sitio donde estaba aparcado y giró el volante hasta encarar el descapotable que había más adelante.

Jackie Brown seguía con los ojos cerrados y la cabeza apoyada en el respaldo.

Foley y Moran se apearon del Charger. Se pusieron sendas gabardinas, metieron la mano en el coche y sacaron las escopetas. Se las pusieron debajo de las gabardinas. Los dos metieron la mano derecha a través del forro de la gabardina y sostuvieron el arma pegada al cuerpo. Echaron a andar hacia el Roadrunner.

Foley y Moran hicieron una pausa para que un pequeño grupo de viajeros los adelantara.

Una vez detrás del Roadrunner, Foley y Moran se separaron. Foley se quedó quieto. Moran caminó un par de metros y se detuvo. Ferris y Sauter se quedaron hablando al final de la siguiente hilera de coches.

Ames condujo despacio el Skylard. Llevaba los faros apagados.

—¡Eh! ¡Ponga las luces! —le gritó un peatón.

Ames siguió avanzando despacio.

Cuando llegó detrás del Roadrunner, a un metro de distancia, se detuvo. Puso el motor en punto muerto, abrió la puerta y se apeó. Tenía la escopeta en las manos. Morrissey salió por la puerta del pasajero con otra escopeta. Se apoyó en la puerta del Skylard y cruzó la escopeta sobre el pecho. Ames se inclinó hacia delante y apoyó los codos en el capó del coche. Levantó la escopeta y apuntó.

Jackie Brown seguía durmiendo, con los ojos cerrados y la cabeza apoyada en el respaldo.

Sauter y Ferris se separaron. Sauter se quedó quieto, desenfundó el revólver y lo mantuvo pegado al costado. Se situó en diagonal al parachoques izquierdo delantero del Roadrunner. Ferris ocupó una posición similar en el lado derecho.

Dos viajeros habituales que pasaban se detuvieron.

—Eh, ¿qué ocurre aquí? —dijo uno de ellos.

Sin moverse, Tobin Ames respondió:

—Estafa. Departamento del Tesoro de los Estados Unidos. Sigan adelante.

Los viajeros habituales apresuraron el paso y se detuvieron cinco coches más allá. Anochecía y la niebla empezaba a levantarse sobre las marismas de Dedham, formando halos alrededor de las farolas.

Foley se acercó al Roadrunner desde atrás, por el lado izquierdo. Moran se acercó por el lado derecho.

Foley sacó la escopeta de debajo de la gabardina. Levantó despacio el cañón hasta la base de la ventanilla del Roadrunner y lo apoyó en el cristal.

Moran retrocedió a dos pasos de distancia del coche. Con el codo derecho doblado, apoyó la culata de la escopeta a la altura de la cintura. Con la mano izquierda, agarró la corredera. Levantó la boca del cañón hasta apuntar a la ventanilla.

Todavía con los ojos cerrados, Jackie Brown se recuperaba de una larga noche al volante y de muchas frustraciones.

Foley llamó al cristal del Roadrunner. Jackie Brown volvió la cabeza perezosamente. Abrió el ojo izquierdo. Enfocó la mirada en el rostro de un desconocido.

—¿Sí? —dijo.

Foley le indicó que bajara la ventanilla con un gesto de la mano izquierda.

Jackie Brown sacudió la cabeza. Alargó la mano y le dio a la manivela.

—¿Sí? —dijo de nuevo.

—Departamento del Tesoro de los Estados Unidos —dijo Foley—. Estás detenido. Sal despacio, sin movimientos bruscos y con las manos a la vista. Un solo movimiento y eres hombre muerto, joder.

Foley levantó la escopeta con la mano derecha. Puso la izquierda debajo de la corredera y la mantuvo firme.

—Me cago en... —dijo Jackie Brown. Miró a la derecha. Moran estaba allí, apuntándolo con la escopeta a través de la ventana. Delante del Roadrunner dos hombres avanzaban empuñando sendos revólveres que lo apuntaban a través del parabrisas—. ¡Eh! —exclamó.

—Baja del coche —le ordenó Foley. Metió la mano por la ventanilla, levantó el seguro de la puerta y la abrió desde fuera—. ¡Sal!

La escopeta seguía apuntando a Jackie Brown a la cabeza.

—¡Eh, escuchen! —dijo Jackie Brown, sacando las piernas del vehículo.

Mientras se apeaba, Foley lo agarró y lo volvió de espaldas a él.

—Pon las manos en el techo del coche —dijo Foley—. Los pies hacia atrás.

Jackie Brown hizo lo que le ordenaban. Notó que unas manos lo cacheaban.

—¿Qué carajo es todo esto? —preguntó.

Moran, Sauter y Ferris rodearon el Roadrunner y se detuvieron ante Jackie Brown, apuntándole con sus armas. Ames y Morrissey se quedaron quietos. Moran le pasó su escopeta a Sauter, que desamartilló su Chief's Special y apuntó a Jackie con el arma de Moran. Este sacó la cartera del bolsillo trasero, extrajo de ella una tarjeta plastificada y, a la luz azulada de las farolas del aparcamiento, empezó a leer:

—«Queda detenido por violación de la ley federal. Antes de que le hagamos preguntas, queremos que conozca cuáles son sus derechos al amparo de la Constitución de los Estados Unidos.»

—Conozco mis derechos —dijo Jackie Brown.

—Cállate de una puñetera vez y escucha —dijo Foley—. Cierra el pico, joder, y escucha lo que te dice el jefe.

—«No tiene obligación de responder a ninguna pregunta —dijo Moran—. Tiene derecho a permanecer en silencio. Si responde a alguna pregunta, esa respuesta podrá utilizarse en su contra ante un tribunal.» ¿Entiendes lo que te he leído?

—Por supuesto que lo entiendo —dijo Jackie Brown—. ¿Crees que soy idiota, joder?

—Cierra el pico —dijo Foley— y estate quieto o te volaré los sesos. —Apoyó la Remington en el hombro de Jackie Brown y le rozó la base del cráneo con la boca del cañón.

—«Tiene derecho al consejo de un abogado» —dijo Moran—. ¿Tienes abogado?

—No, por el amor de Dios —respondió Jackie Brown—. Claro que no. Acaban de detenerme.

—«Si quiere un abogado —prosiguió Moran—, solo tiene que decirlo y se le concederá tiempo para que lo contrate y converse con él. Tiene derecho a consultar con su abogado antes de decidir si responde a las preguntas.» ¿Has entendido lo que te he leído?

Jackie Brown no respondió. Foley lo golpeó con la boca de la Remington.

—Responde —le dijo.

—Pues claro que lo he entendido —dijo Jackie Brown.

—«Si no puede costearse un abogado —dijo Moran—, el tribunal le asignará uno de oficio.» ¿Lo entiendes?

—Sí —respondió Jackie Brown.

—«Si quiere, puede prescindir de estos derechos y responder a nuestras preguntas. ¿Está dispuesto a responder a nuestras preguntas?»

—No, joder —dijo Jackie Brown.

—¿Entiendes tus derechos? —preguntó Moran.

—Sí —dijo Jackie Brown—. Sí, sí, sí.

—Calla —dijo Moran—. Date la vuelta y extiende las muñecas. —Foley le puso las esposas—. Quedas detenido por violación del Artículo 26, Sección 5.861, del Código Penal de los Estados Unidos, tenencia ilícita de armas de guerra.

—Eh —dijo Jackie Brown.

—Calla —dijo Foley—. No quiero oír ni una palabra más, joder. Mantén la boca cerrada, coño. Y ahora, entra en el coche. En el asiento trasero. Moran, entra con él y vigila a ese hijo de puta. Si se mueve, vuélale la cabeza.

Foley sacó el transmisor de banda ciudadana del bolsillo de la gabardina. Lo puso en marcha.

—Dile —dijo—, dile que tenemos al hombre que estaba en el sitio donde se suponía que iba a estar y dile que queremos una orden judicial para registrar el maldito coche. Volveremos enseguida.

—Lo sabíais —dijo Jackie Brown—. Lo sabíais. Sabíais que iba a estar aquí.

—Pues claro —dijo Foley, montando en el Roadrunner—. Ames —dijo—, dile a Morrissey que traiga mi coche. Las llaves están debajo del asiento. ¿Qué más? —le dijo a Jackie Brown.

—Ese hijo de puta —dijo Jackie Brown—. Ese hijo de puta.

—¿Qué hijo de puta? —preguntó Moran.

Jackie Brown lo miró.

—Oh, no —dijo—. Oh, no. Esto ya lo arreglaré yo.

18

En el solar de una cantera de arena agotada de Orange, Massachusetts, había un aparcamiento de remolques. Era de noche y Eddie Coyle condujo el viejo sedán De Ville con cuidado, con las luces largas y los enormes neumáticos rozando los bordes de la carretera asfaltada. Detuvo el coche junto a un remolque azul claro y amarillo, equipado con barandillas de hierro forjado y unos inestables peldaños de hierro. El bastidor del vehículo estaba envuelto en una gruesa tela plateada. Las cortinas de las ventanas del remolque estaban corridas. Tras ellas brillaba luz.

Eddie Coyle apagó los faros y el motor del Cadillac. Se apeó y se dirigió deprisa a la escalerilla. Llamó a la puerta sin subir.

La cortina de la puerta se movió un poco. Una mujer miró a través del vaho del cristal. Eddie Coyle esperó con paciencia. La puerta se abrió un poco.

—¿Sí? —dijo la mujer.

—Traigo la compra para Jimmy —dijo Eddie Coyle.

—¿Te espera? —preguntó ella.

—No lo sé —dijo Coyle—. Me dijo que viniera, eso es todo. Me ha costado dos horas llegar hasta aquí. Espero que sí.

—Un momento —dijo la mujer.

La puerta se cerró. Eddie esperó en la fría oscuridad.

La puerta se abrió de nuevo un poco. Apareció una cara masculina picada de viruela.

—¿Quién es? —preguntó.

—Coyle —dijo Eddie—. He traído la compra.

La puerta se abrió del todo. La luz iluminó a Jimmy Scalisi, que vestía una camiseta y unos pantalones grises.

—Ah, muy bien, Eddie —dijo—. ¿Por qué no los entras? Yo te ayudaría, pero ahí fuera hace tanto frío que se me quedaría el culo helado.

—No pasa nada —dijo Coyle. Volvió al Cadillac. Abrió el maletero. Sacó las bolsas de la compra, dos cada vez, y se las entregó a Scalisi en la puerta del remolque. Había seis en total.

—Entra. —Coyle lo siguió al interior—. Esta es Wanda —dijo Scalisi.

Wanda medía un metro setenta y cinco y pesaba sesenta kilos. Tenía unos pechos grandes en los que Coyle se fijó enseguida porque llevaba una camiseta y un sujetador de llamativas flores rojas. También llevaba unos vaqueros de color crema que tenían unas perceptibles manchas en la entrepierna.

—Hola —dijo ella.

—¿Cómo te va? —dijo Coyle.

—Trabaja en la Northeast —dijo Scalisi.

—Soy azafata —dijo ella.

—Sí, claro —dijo Coyle. Wanda sonrió.

—¿Qué hay en las bolsas? —quiso saber Scalisi.

—Carne y cerveza y otras cosas —respondió Coyle—. Ahora que lo dices, me tomaría una cerveza.

—Wanda —dijo Scalisi—, dale una cerveza a este hombre. Estaremos en la sala.

En la sala del remolque había una silla de cuero negro y un sofá. Scalisi ocupó la silla. Agradecido, Coyle se sentó en el sofá. En un mostrador que separaba la sala del comedor, un televisor portátil en color funcionaba con el sonido mudo. Un hombre hablaba y mostraba un folleto de Hawái.

—Esto está muy bien —dijo Coyle—. He vivido escondido un par de veces, pero nunca así de bien.

—Yo no estoy escondido —dijo Scalisi—. Hace dos años y medio que vivo aquí.

—Carajo —dijo Coyle.

—No —dijo Scalisi—. Este sitio es de alquiler. Soy conductor de excavadoras y encuentro trabajo temporal. El propietario lo comprende. Cree que soy la mejor cosa del mundo después del pan de molde.

—¿Y tu mujer lo comprende? —preguntó Coyle.

—Ojos que no ven, corazón que no siente —dijo Scalisi—. Ella no sabe nada.

—¿Y piensa que sales a vender revistas? —dijo Coyle.

—No sé lo que piensa —respondió Scalisi—. Le dije que tenía que marcharme durante un tiempo. No me hace preguntas.

—Jesús —dijo Coyle—. Tendré que hablar contigo alguna vez. No sé cómo lo consigues.

—Con aplomo —dijo Scalisi—. Las miras directamente a los ojos y les dices «Eh, tengo que marcharme» y tragan.

—Tendrías que conocer a mi mujer —dijo Coyle—. Le

dices eso a mi mujer y te miraría como diciendo «¿Ah, sí?», como si intentaras venderle un coche de segunda mano. No, la única manera es que dedique un tiempo a observarte.

Scalisi se echó a reír.

Coyle señaló la zona de la cocina con un movimiento de la mano.

—Esa también está muy bien. ¿Dónde la conseguiste?

—Una noche, estaba en Arliss y uno de los chicos llegó con ella. Nos pusimos a hablar. Cosas que pasan.

Coyle se frotó la entrepierna.

—Está muy caliente ahí dentro —dijo Scalisi—. No lleva bragas. Le pregunto por qué y dice que no tiene. Cuando trabaja lleva medias. Se pone los pantalones sin bragas. De vez en cuando, me acerco a ella por detrás y meto la mano ahí abajo y se enciende. Es como si estuviera conectada a la electricidad. Nunca he visto nada igual.

—Jesús —dijo Coyle.

—Es una buena vida —dijo Scalisi—. Si uno no flaquea, es una buena vida.

—Bueno, ¿y qué hacías ahora? —dijo Coyle.

—Estaba viendo a los Bruins. Tienen un buen club. Ese es el problema de trabajar en el sector de la construcción. Tienes que venirte a vivir aquí arriba y no puedes ir a los partidos. Lo echo un poco de menos.

—No, mira —dijo Coyle—, te va mejor así. Yo estuve en el estadio de allí, bueno, ya recuerdas dónde, y pensé que si el partido es malo y lo ves por televisión, apagas y te pones a hacer otra cosa. Ayer estuve hablando con Joey, en el local de Dillon, y me contó que había estado en un partido de los Seals y que fue un partido horrible, pero, como había pagado la entrada, ya sabes... Creen que pueden ganar al contrario a base de faltas y, bueno, ahí estás, has pagado la entrada y no te vas a marchar, ¿comprendes?

—Sí, comprendo —dijo Scalisi—, todavía echo de menos a los chicos. Bajas, ligas un poco y luego vas al partido. Está bien, ¿sabes? Pasas un buen rato. Me gusta.

—Allá abajo, casi todas las chicas llevan bragas —dijo Coyle.

—Eh, ya vale —dijo Scalisi—. Eso ya lo sé. O sea, no es que lo haga, ¿sabes? Lo único que he dicho es que lo echo un poco de menos.

—Las cosas van muy bien —dijo Coyle.

—Estupendamente —dijo Scalisi—. Las cosas van estupendamente. Arthur es bueno y cuidadoso. Sí, van estupendamente. ¿Has traído el material?

—Está en la cocina —respondió Coyle—. Lo he dejado debajo de la silla. Dentro de una bolsa de la compra, debajo de la silla. Todo correcto.

—Esta vez lo has hecho muy bien —dijo Scalisi—. Quiero que sepas que te lo agradezco. He podido convencer a Arthur de que sea sensato, ¿sabes?, y de que se deshaga de las pipas. Cuando empieza a preocuparse, le digo «Bueno, Arthur, ya ves que Eddie hasta ahora ha cumplido con nosotros. Ya nos traerá más. Ahora, tírala al río, joder». Se le rompe el corazón —prosiguió Scalisi—. Se le nota en la cara que no quiere hacerlo. Cuando Arthur pilla una buena cacharra, no soporta separarse de ella, pero lo hace. Y eso marca la diferencia, ¿sabes? Es mucho más seguro saber que nadie va por ahí con una pipa, en caso de que lo detengan. Eso marca realmente la diferencia.

Llegó Wanda con una bandeja. En ella traía una botella grande de cerveza y dos vasos.

—Has traído una carne muy buena —dijo la mujer—. Al guardarla, le he echado un vistazo.

—Por cierto, gracias —dijo Scalisi—. ¿Cuánto te debo de la compra?

—Bueno, veamos —dijo Eddie Coyle—. Mil doscientos por el primer lote, las ocho. Luego está la otra docena, mil ochocientos. Ahora, las diez de hoy, otros mil quinientos. Cuatro mil quinientos en total. Y los bistecs, de regalo.

—Dios mío —dijo Wanda—. Eso es muchísimo dinero por unos trozos de carne.

—Cállate, Wanda —dijo Scalisi.

—Ya sabes que mi amigo aquí presente —dijo ella— es un gánster de los grandes.

—He dicho que te calles —dijo Scalisi.

—Que te jodan —replicó Wanda—. Te he oído hablar de mí mientras estaba en la cocina, te he oído. ¿A él qué coño le importa si llevo bragas o no? ¿Qué soy yo? ¿Algo para fanfarronear? Mi hermano pequeño habla de su maldito Mustang del mismo modo que tú hablas de mí. «Meto la mano ahí abajo y se enciende.» Por el amor de Dios, creía que éramos amigos. Creía que nos gustábamos. Mierda.

—¿Tú también tienes este problema? —Scalisi le preguntó a Coyle.

—Sí —respondió Coyle—, distinto, pero es lo mismo. Todo el mundo lo tiene, ¿no?

—Que te jodan a ti también —le dijo Wanda a Coyle.

—Me parece que todo es culpa de ese movimiento de liberación de la mujer —dijo Scalisi—. Eso no lo entiende ni Cristo.

—Yo creo que tienen pocas preocupaciones —dijo Coyle—. Ya sabes, todo el día sin hacer nada, pensando, así que cuando vuelves a casa están cabreadas y lo único que has hecho es dejar el coche en el patio. Necesitarían preocupaciones, eso es lo que creo.

—Yo trabajo —dijo Wanda—. Probablemente trabajo más que vosotros dos juntos, capullos. Y no me mantiene nadie.

—He dicho que te calles —dijo Scalisi.

—Y yo he dicho que te jodan —dijo Wanda—. Hablar de mí de esa manera... ¿Te gustaría que empezara a contarle a la chica de la tienda cosas de tu polla y de lo que te gusta que haga con ella? conmigo, las cosas que te gusta hacer conmigo, ¿qué te parecería si se lo contase?

Scalisi se levantó deprisa y le pegó un bofetón.

—He dicho que te calles —dijo—. Eso es lo que quiero que hagas. Que te calles de una puñetera vez, joder.

—No —dijo ella sin llorar—. No te gustaría que lo hiciera. Y esta noche, será mejor que duermas con los dos ojos bien abiertos porque tal vez decida atacarte con el martillo, hijo de puta.

Wanda salió de la sala y cerró la puerta corredera del dormitorio haciendo todo el ruido que pudo.

—¿Tú jodes alguna vez? —preguntó Scalisi.

—Pues claro que sí —dijo Coyle.

—¿Jodes sin que antes haya una larga charla, maldita sea? —preguntó Scalisi—. Eso es lo que quiero saber. Empiezo a entender a los tíos que van al hotel, eligen a alguien y pagan veinte dólares. Lo digo en serio. Pagas con tu dinero y dices «Chúpamela». Y ella te la chupa. Nada de broncas ni tonterías. Está claro y sabes lo que haces. Yo pensaba, bueno, si un hombre tiene que pagar por ello, ¿por qué no deja a la parienta? Pero la señora se pasa el día incordiando y quejándose y entonces yo me cabreo y pienso, bueno, de acuerdo, aquí encuentro algo y no tengo que aguantar paliques y todo eso, ¿sabes? Llevo un año y medio con esta tía y sé que jode con cualquiera que diga por favor y gracias en el avión y a mí me la suda. Qué demonios, yo no soy perfecto, quiero decir. Pero ella no se ha metido en esto a ciegas, ¿sabes? ¿Y sabes lo que hace? Se cabrea porque digo la puta verdad. Y no lleva bragas, eso es evidente. Si la miras, lo ves enseguida. Así que, ¿dónde está el problema? ¿A quién perjudicas? La tía es buena en la cama y se enciende con facilidad. Y lo digo tal cual. Y ahora está cabreada. No sé.

—Escucha —dijo Coyle—, todas están como cabras. La otra noche, volví a casa y lo vi claro. Tenía seiscientos cincuenta pavos en el bolsillo. Seiscientos cincuenta. Y pensé que podría comprarle una tele en color. No hace otra cosa que ver la tele. Imaginé que le gustaría. ¿Y qué ocurre? Pues que vuelvo a casa, cruzo la puerta y me dice «¿Dónde demonios has estado? La caldera de aceite saca humo y no he encontrado al técnico». Así que en aquel mismo momento me olvidé de la tele en color. Por la mañana salí y cuando volví, estaba cabreada. Que se joda. Salí otra vez y abrí una cuenta bancaria, joder. A mi nombre. En febrero o así, tendré unos negocios en Miami y tomaré el sol. Al carajo con ella.

—Eh —dijo Scalisi—. El dinero. ¿Cuánto?

—Cuatro mil quinientos —dijo Coyle.

—Ahora mismo vuelvo. —Scalisi se puso en pie y salió de la sala. Volvió a los pocos minutos con un fajo de billetes y se lo dio a Coyle—. Cuéntalos.

—No —dijo Coyle. Cogió el fajo, se puso en pie y se lo metió en el bolsillo—. Todavía no me has jodido nunca. Confío en ti.

—¿Tienes que marcharte? —preguntó Scalisi.

—Tengo un largo trayecto por delante —dijo Coyle—. Y, además, a ti te ronda otra cosa por la cabeza. ¿Necesitarás más armas?

—No creo —respondió Scalisi—. Mira, ya te lo haré saber. Creo que estamos a punto de terminar. ¿Vas a estar por aquí?

—Hasta el mes que viene, por lo menos —dijo Coyle—. Se me echa encima lo de New Hampshire. No lo sé.

—Y lo de New Hampshire, ¿será un problema? —dijo Scalisi.

—No lo sé —dijo Coyle—. Estoy esperando a saberlo. Tal vez no. ¿Cómo quieres que lo sepa, maldita sea? Ya veremos. Hay que tomar las cosas como vienen.

—Espero que no te pase nada —dijo Scalisi.

—Yo también —dijo Coyle—. Yo también.

19

Jackie Brown estaba sentado en la oficina exterior, con cara de póquer y las manos esposadas en el regazo. Tobin Ames, con una escopeta en el regazo, estaba sentado frente a él detrás de un escritorio y lo miraba. En la oficina del jefe, Waters y Foley observaban a Ames y a Jackie Brown a través del panel de cristal.

—¿Ha dicho algo? —preguntó Waters.

—Ha dicho que comprendía sus derechos, el cabrón —dijo Foley—. Es un chico duro, eso hay que reconocérselo.

—¿Cuándo lo detuvisteis? —dijo Waters.

—Hacia las cinco y cuarto —dijo Foley.

—Supongo que, de camino, os habéis detenido a tomar una copa —dijo Waters.

—¿Has conducido alguna vez por la 128 en hora punta? —dijo Foley—. Lo llevamos a la oficina del comisario, le hicimos las fotos, le tomamos las huellas y lo trajimos aquí.

—De acuerdo —dijo Waters—. Y ahora son casi las ocho y media. Espero que tengas algún plan para él para lo que queda de noche.

—Pues claro —dijo Foley—. Vamos a acusarlo.

—Bien —dijo Waters—. Me parece una idea excelente. ¿Y sabéis de qué vais a acusarlo?

—Sí —respondió Foley—. 26, 58-61: tenencia ilícita de armas de guerra. Cinco ametralladoras.

—Bien, ¿y a qué esperáis? —dijo Waters—, ¿a que llegue Navidad? Quiero decir que hace casi cuatro horas que lo trincasteis. Ya tendría que estar acusado.

—Ya sé que tendría que estarlo, Maury —dijo Foley—, pero las órdenes judiciales no caen del cielo. Moran tuvo que conseguir una orden de registro para el coche. Entonces lo registramos. Encontramos las armas. Ahora, Moran está presentando el auto de acusación. Tengo al comisario preparado. Tan pronto Moran termine los trámites, procederemos.

—Tenía entradas para el partido de los Bruins de esta noche —dijo Waters.

—Eh —dijo Foley—, lo sé y lo siento de veras. Pero he pensado que tenía que hablar contigo.

—Habla —dijo Waters.

—Y ahora, ¿qué hago? —dijo Foley.

—¿Después de que consigas que le pongan fianza y todo eso, te refieres? —dijo Waters—. Eso es lo primero que tienes que hacer.

—Lo sé —dijo Foley—, pero luego, ¿qué?

—¿Qué alternativas hay? —preguntó Waters.

—Bueno —dijo Foley—, puedo soltarlo. Seguro que le ponen fianza. Puedo decir «Muy bien, señor Brown, ya nos veremos en el juicio». Y luego tratar de conseguir una acusación formal contra ese hijo de puta.

—¿Y crees que puedes conseguirla? —dijo Waters.

—Me parece que sí —respondió Foley—. No creo que

ni ese cabrón de la Fiscalía pueda encontrar algún defecto de forma en el caso. He hecho todo lo que se me ha ocurrido y a Moran se le han ocurrido más cosas aún. Te lo aseguro, si este chico quisiera ir a echar una meada, pediría una autorización formal por escrito antes de permitírselo.

—Bien —dijo Waters—, así que puedes soltarlo y, después, conseguir una acusación formal. ¿Y qué más?

—Podría decirle algo antes de que se marchara.

—¿Como qué? —preguntó Waters.

—Bueno —dijo Foley—, por ejemplo, el tipo sabe que alguien se chivó. No es estúpido. Ha entendido que alguien nos sopló que iba a estar en la estación de tren. Cuando veníamos, preguntó un par de veces quién nos lo había dicho, quién nos había dicho que estaría ahí.

—Espero que hayas tomado nota de eso —dijo Waters.

—Sí, lo anoté —asintió Foley.

—Bien —dijo Waters—, hacía preguntas. ¿Y qué?

—Supón que se lo decimos —dijo Foley.

—¿Que le decimos qué? —dijo Waters.

—Bueno —dijo Foley—, tenemos una alternativa. Podríamos hacerle creer que han sido los chicos del microbús Volkswagen.

—¿Y lo creerá? —dijo Waters.

—Difícilmente —respondió Foley—. A lo mejor sí, pero es poco probable.

—Entonces, ¿por qué hacerlo? —inquirió Waters.

—Para conseguir sus nombres —dijo Foley—. No digo que sea lo que tengamos que hacer. Solo digo que podríamos hacerlo.

—¿Tienes el número de matrícula del microbús? —preguntó Waters.

—Sí —asintió Foley.

—Tarde o temprano, esto nos dirá a quién pertenece, ¿no? —dijo Waters.

—Posiblemente —respondió Foley—. A menos que sea robado.

—Supongamos que no lo es —dijo Waters—. ¿Qué tenemos?

—Los nombres —respondió Foley.

—Y como prueba, podemos demostrar que fueron en el microbús a la estación de trenes —dijo Waters—. ¿Es un delito federal ir en microbús a una estación de ferrocarril?

—¿A comprar ametralladoras? Seguro —dijo Foley.

—¿Y quién va a decir eso? —preguntó Waters.

—Jackie Brown —dijo Foley.

—Supón que no lo hace —dijo Waters.

—Entonces nadie, nadie lo haría.

—¿Y sigues teniendo un delito federal? —dijo Waters.

—Claro —respondió Foley.

—Claro —dijo Waters—, pero no puedes demostrarlo, eso es todo.

—Exacto —dijo Foley.

—Siguiente pregunta —dijo Waters.

—Puedo decirle que lo delató Coyle —dijo Foley.

—Una idea interesante —dijo Waters—. ¿Por qué decirle eso?

—Porque se pondría furioso —replicó Foley—. Estoy razonablemente seguro de que se lleva algo entre manos con Coyle. Así que le digo que el chivato ha sido Coyle, se enfurece y me cuenta lo que andaban tramando juntos.

—¿Y vale la pena? —inquirió Waters.

—Bueno —respondió Foley—, tú mismo me lo dijiste.

Supón que fuera Coyle quien ha armado a esos atracadores de bancos. Si ha sido él, quizá Jackie Brown le vendió las pipas.

—Te gustaría pillar a esos atracadores, ¿eh? —dijo Waters.

—Sí, claro —dijo Foley—. Estaría bien.

—De acuerdo —dijo Waters—. Se lo dices a Brown. Y luego, ¿qué pasa?

—No lo sé —dijo Foley.

—Yo, sí —dijo Waters—. Es acusado de tenencia ilícita de armas de guerra. Y después sale libre. Y entonces, ¿qué?

—Va a buscar a Coyle —dijo Foley.

—Seguro —dijo Waters—, va a buscar a Coyle y, cuando lo encuentra, lo mata. Y entonces, ¿qué tienes? Un vendedor de ametralladoras y un chivato muerto. ¿Es eso lo que quieres?

—No, a poder ser, no —dijo Foley—. ¿Hay alguna manera de que pueda quedar detenido sin fianza?

—No —respondió Waters—. El objetivo de la fianza es... ¿Quieres oír toda la lección?

—No —dijo Foley—. «Es asegurarse de que el acusado se presentará a los procedimientos judiciales posteriores.» ¿Incluso con ametralladoras de por medio?

—Incluso con ametralladoras —repitió Waters.

—Bien —dijo Foley—. Va a salir libre. Puedo decírselo igualmente.

—Y entonces, ¿hablará? —preguntó Waters.

—No, probablemente no —dijo Foley—. Creo que esos tipos no te dirían siquiera que se te ha prendido fuego en la chaqueta.

—Entonces, ¿qué ocurrirá? —inquirió Waters.

—Irá a buscar a Coyle —dijo Foley— y yo lo seguiré.

—Anda ya —dijo Waters.

—Pondré un localizador en su coche —dijo Foley—. Seguiré su rastro por la radio, joder.

—Como en *Misión imposible* —dijo Waters.

—Mi favorito es Efrem Zimbalist —dijo Foley—. Como en el efebeí.

—Recuérdame que agilice tu traslado a Topeka —dijo Waters—. ¿Alguna otra idea brillante?

—Sí —dijo Foley—. Puedo decirle que fue el tío que le vendió las armas.

—Esa sí que es una idea interesante —dijo Waters—. Explorémosla. ¿Quién fue?

—Apostaría a que fue un soldado ladrón —dijo Foley.

—¿Y dé dónde sacó el arma? —dijo Waters.

—Probablemente fuera la suya —dijo Foley—. Él y cuatro colegas quieren un poco de pasta para unos coños de primera clase.

—¿Hay números en las armas? —preguntó Waters.

—Sí —dijo Foley.

—¿Números de serie registrados a nombre del soldado que tiene el arma?

—Sí —respondió Foley.

—¿Y el soldado tiene que dar cuenta del arma cuando desaparece?

—Sí —dijo Foley.

—¿Y qué avanzamos con eso? —dijo Waters—. Lo averiguaremos de todos modos.

—Tú ganas —dijo Foley—. No le diré que han sido los soldados.

—Y no le dirás que han sido los del microbús y no le dirás que ha sido Coyle —dijo Waters.

—No le diré nada —dijo Foley—. Lo soltaré bajo garantía personal.

—Y entonces, ¿qué ocurrirá? —dijo Waters.

—Saldrá a la calle y yo intentaré que ese capullo del juzgado lo inculpe.

—Pero, y él, ¿qué hará?

—Irá a casa y pensará —dijo Foley.

—Exacto —dijo Waters—. Estúpido no es. ¿Y qué pensará?

—Lo primero que pensará es si lo han delatado los del microbús —respondió Foley.

—Exacto —dijo Waters—. Y entonces, ¿qué decidirá?

—Decidirá que no —dijo Foley—. Que estaban allí pero que no sabían nada. Decidirá que no han sido ellos.

—Y entonces, ¿qué hará? —dijo Waters.

—Empezará a pensar quién más pudo haberlo hecho —dijo Foley.

—¿Y a quién elegirá? —dijo Waters.

—A Coyle, primero —dijo Foley—. Eso, si sabe el nombre de Coyle. Apuesto lo que quieras a que esta tarde ha visto a Coyle. Coyle probablemente ha visto las ametralladoras. Le echará la culpa a Coyle.

—¿Y cómo iba a ver Coyle las ametralladoras? —dijo Waters.

—El chico abrió el maletero —dijo Foley.

—¿Y por qué iba a abrir el maletero? —dijo Waters.

—Para sacar algo y dárselo a Coyle —dijo Foley—. Naturalmente.

—Hoy Coyle ha comprado armas —dijo Waters.

—Coyle ha podido venderle las ametralladoras, claro —dijo Foley.

—¿Y de dónde habría sacado Coyle las ametralladoras? —dijo Waters—. ¿Unas ametralladoras del ejército? No. Coyle estaba comprando algo.

—Así que piensa que ha sido Coyle y va a buscarlo —dijo Foley—. Y nosotros, ¿qué podemos hacer al respecto?

—¿Crees que sabe quién es Coyle? —dijo Waters.

—¿Si sabe cómo se llama, si sabe su nombre, quieres decir? —dijo Foley—. Tal vez. Probablemente no. Quizá el nombre de pila, pero no el apellido. ¿Si sabe con quién se junta? Probablemente. Es un chico duro y listo. Tan pronto Coyle se presentó buscando armas, debió de empezar a pensar en la mafia. Coyle no es un Pantera, eso seguro, y tampoco es un revolucionario. El chico probablemente sabe que Coyle es un gánster.

—De acuerdo —dijo Waters—. Ahora tal vez tengamos algo. El chico obtiene la fianza y quiere saber quién lo ha traicionado, así que empieza a pensar y decide que lo han traicionado los muchachos. Si es listo, y lo es, no saldrá por ahí a cargarse a tiros a uno de ellos. Así que lo que querrá es desquitarse. Y ahora, dime, ¿cómo puede un tipo desquitarse de uno de los muchachos que lo ha traicionado?

—Bueno —dijo Foley—, podría llamarlo todas las noches y amenazarlo.

—Sí —dijo Waters—, y podría envenenar el pozo de agua de ese tío y contar por ahí que la mujer del tío jode con otro, pero hay una manera más fácil, ¿no?

—Pues así —dijo Foley—. Uno llama a un agente de la ley amigo y delata al cabrón que lo ha delatado.

—Exactamente —dijo Waters—. Y ahora, ¿crees que puede ocurrírsete algo que decirle a Jackie Brown para expresar el profundo pesar que sientes personalmente por haberlo arrestado y tu sincero convencimiento de que lo han traicionado?

—Déjame que lo piense un rato —dijo Foley—. No me ha gustado nunca ver que se aprovechan de un chaval.

—Sé cómo te sientes —dijo Waters.

—Sobre todo, porque se nos han escapado los revolucionarios —dijo Foley—. No hay mal que por bien no venga.

20

Después de no haber podido conciliar el sueño en toda la noche, Robert L. Biggers, de Duxbury, se tomó su tiempo para desayunar y leyó el *Herald* de cabo a rabo. Su mujer entró en la cocina con el bebé en brazos cuando él se estaba poniendo el abrigo.

—¿Te duele la cabeza o algo? —le preguntó.

—No más de lo habitual —respondió él—. ¿Por qué?

—Porque te has levantado muy temprano —dijo ella—. Creía que ocurría algo.

—Nada en absoluto —respondió él—. Solo he pensado que a quien madruga, Dios le ayuda. Así que me he levantado pronto y, si dejo preparadas todas esas promociones de Navidad, quizá por una vez pueda volver a casa a una hora decente.

—Que tengas un buen día —dijo ella.

—Gracias —dijo él y le dio un beso de despedida.

Robert Biggers cerró el coche y cruzó el aparcamiento del centro comercial de West Marshfield camino de la oficina principal del Massachusetts Bay Cooperative Bank. Abrió la puerta delantera del banco con su llave y la cerró tras él. Fue directamente al guardarropa, se quitó el abrigo y lo colgó. Salió del vestíbulo, tarareando una canción de las Supremes que había escuchado de camino al trabajo. Delante de él estaba un hombre de estatura mediana. Llevaba una parka de esquí de nailon naranja y una media de nailon en la cara. En la mano derecha sostenía un enorme revólver negro.

—¿Qué coño pasa? —dijo Robert Biggers.

El hombre señaló hacia su derecha con el revólver.

—¿Qué coño haces aquí? —preguntó Robert Biggers—. ¿Qué pasa, joder?

—Muévete —dijo el hombre.

En el despacho del director de la sucursal, Harry Burrell estaba sentado con las manos entrelazadas sobre la tripa. Con él, había otros dos hombres. Llevaban parkas naranja y medias de nailon en la cara. Todos empuñaban un revólver negro.

—Nos están atracando, Bob —dijo Harry—. Espero que tú y el resto del personal no hagáis nada valiente o estúpido, lo cual, en estas circunstancias, es prácticamente lo mismo. Estos hombres tienen un amigo que ahora está en mi casa con mi mujer, que probablemente debe de estar sufriendo una crisis histérica. Me han asegurado que no quieren hacer daño a nadie, que solo quieren el dinero. Tú te quedarás aquí hasta la hora de apertura y luego te pondrás a trabajar como siempre. Cuando se abra la cerradura de apertura retardada, cogerán el dinero y se marcharán. Yo iré con ellos. No hagas nada que interfiera en su plan y todo saldrá bien.

—Dios mío —dijo Robert Biggers.

—No es nada raro —dijo Harry Burrell—. Hace treinta y seis años que trabajo en un banco. Esta es la cuarta vez que me atracan. Por la experiencia que tengo, estos tipos dicen la verdad. Quieren el dinero. No quieren lastimarnos. Si mantenemos la calma, todo irá bien.

—Todo esto no está ocurriendo —dijo Robert Biggers.

—Me temo que sí —dijo Harry Burrell—. Mantén la calma y todo irá bien. Y ahora, tengo que encargarte algo, ¿puedes hacerlo?

—Por supuesto —asintió Biggers.

—Sal a la puerta —dijo Harry Burrell—. Cuando lleguen los demás empleados, déjalos entrar. Cierra la puerta cada vez que entre uno. Llévalos al vestíbulo, explícales lo que ocurre y diles que no hagan nada que ponga en peligro nuestra seguridad. Que tengan presente que mi mujer está en casa, retenida a punta de pistola. ¿Lo harás?

—Que todo el mundo esté tranquilo y se porte bien —dijo uno de los hombres—. Nada de sustos, ni alarmas, ni nada. Eso es lo que quiere que hagas.

—Lo haré —dijo Robert Biggers.

—Bien —dijo Harry Burrell—. Ahora, sal y recuerda que dependo de ti.

Robert Biggers se sentó a su escritorio y no fingió que trabajaba. Su mente corría furiosa sin dirección aparente. A medida que fueron llegando los tres cajeros, los dejó entrar y dio la misma explicación a cada uno: «Nos están atracando. Esperan a que se abra la apertura retardada. No hagáis ruido ni intentéis nada», y fue haciéndolos pasar al vestíbulo.

Nancy Williams fue la única que no obró con calma. Tenía diecinueve años y había terminado el instituto el mes de junio anterior.

—Me estás tomando el pelo —dijo, con los ojos como platos.

—No —dijo Biggers.

—¿De veras que están aquí? —dijo la chica.

Se encontraban en el pasillo, al lado del guardarropa. Mientras hablaban, uno de los hombres se había acercado a ellos sin hacer ruido. Nancy Williams se volvió y vio el revólver negro.

—Dios mío —dijo.

Robert Biggers sintió un furioso instinto de protegerla. Tres jueves por la noche, después del cierre de las ocho de la tarde, había llevado a Nancy Williams a cenar al Post House. La había invitado a unas cuantas copas. Luego, la había llevado a una habitación del Lantern y se la había follado todo lo que había querido. Era joven y tenía las carnes prietas y sus pezones se ponían duros enseguida cuando los pellizcaba.

—¡Eh! —dijo Biggers.

—Ve a trabajar, bonita —dijo el hombre. Le señaló el camino con el revólver—. Tú también, vaquero. Se ha acabado perder el tiempo aquí junto al armario.

Nancy Williams dudó y luego caminó hacia los cubículos de los cajeros.

—Vaya pedazo de culo —dijo el hombre—. Y tú, ¿te comes algo de eso?

Robert Biggers lo miró fijamente.

—Escucha —dijo el hombre—, no me importa lo que hagáis, solo era una pregunta. Y ahora, muévete hacia allí, joder, y ocúpate de tus cosas. Vamos, maldita sea.

Robert Biggers volvió a su escritorio.

A las ocho cincuenta y dos se abrió la caja. Harry Burrell salió de su oficina acompañado de los dos hombres. Uno de ellos lo apuntaba con un revólver. Los otros dos se metieron el revólver en el cinturón y sacaron bolsas de plástico verdes de debajo de la parka. Entraron en la caja fuerte. Al cabo de un rato, salió uno de ellos con dos bolsas abultadas. Entró otra vez. Al cabo de unos minutos, salieron los dos.

—¿Pueden prestarme atención un momento? —dijo el señor Burrell—. Ahora me marcharé con estos hombres. Vamos a mi casa. Recogeremos al hombre que se ha quedado allí. Luego me iré con ellos y me liberarán cuando crean que están a salvo. Por mi seguridad, no hagan nada antes de las diez. Mantengan las cortinas corridas hasta las nueve y cuarto. Luego, dejen entrar a los clientes, hagan cuanto puedan para aparentar tranquilidad y todo saldrá bien. Si viene alguien a retirar una gran suma de dinero, díganle que la apertura retardada se ha estropeado y que he ido a buscar al técnico. ¿Ha quedado claro?

Los empleados asintieron.

El señor Burrell y el hombre que lo acompañaba se marcharon por la puerta trasera. Los otros dos se quedaron junto a la caja fuerte. Habían sacado de nuevo las armas. Uno de ellos se metió la suya en el cinturón. El otro blandió el revólver con la mano derecha. Los dos se agacharon un poco para recoger las bolsas verdes de plástico.

Robert Biggers movió despacio el pie izquierdo por debajo del escritorio y pisó el botón de la alarma. Al hacerlo, su rostro se relajó. Era una alarma silenciosa. Solo sonaba en la comisaría de policía.

—¿Qué has hecho? —le dijo el atracador.

Robert Biggers lo miró.

—He preguntado qué has hecho —repitió el hombre.

Robert Biggers lo miró fijamente.

—Has pisado la alarma, joder —dijo el hombre—. Eres un cabrón estúpido.

—Yo no he hecho nada.

—Mientes, hijo de puta —dijo el hombre, levantando despacio el revólver negro—. Te dije que no lo hicieras y lo has hecho, cabrón estúpido.

El retroceso del revólver sacudió con fuerza el brazo derecho doblado del atracador. En aquel instante, Biggers estaba levantándose de la silla para protestar. La bala lo alcanzó en el vientre y cayó tambaleante en la silla. La segunda bala lo alcanzó en medio del pecho y se desplomó de lado con la expresión sorprendida, inocente y de protesta todavía en el rostro.

—Los demás —dijo el hombre—, meteos en la caja fuerte, joder.

Los cajeros empezaron a correr de un lado a otro. Nancy Williams tenía una expresión de perplejidad.

—¡Que os metáis en la caja fuerte, hijos de puta! —gritó el hombre.

Una vez los tuvo dentro, cerró e hizo girar la rueda de cierre.

—Vamos —dijo.

El otro hombre ya había recorrido la mitad del pasillo que llevaba a la puerta trasera cargando las tres bolsas de dinero. En la zona de clientes del banco, Robert Biggers se desangraba sobre el brazo de la silla. La sangre goteaba despacio sobre la moqueta naranja y oro mientras la expresión de inocencia, protesta y asombro se fijaba para siempre en sus facciones.

En el aparcamiento, los dos hombres lanzaron las bolsas de dinero al interior de un sedán blanco Plymouth. El primer atracador estaba sentado con Harry Burrell en un sedán verde Pontiac. El que había disparado a Biggers gritó:

—Bingo. Por el amor de Dios, bingo.

El primer hombre levantó la pistola y golpeó a Harry Burrell en la nuca con el cañón. Burrell se desplomó hacia la izquierda en el asiento trasero. El hombre se quitó la máscara al tiempo que abría la puerta.

—Yo me encargaré de él —dijo—. Quedamos en el mismo sitio. Y ahora, marchaos.

Los otros dos se marcharon en el Plymouth dando marcha atrás. Salieron del aparcamiento a toda prisa, pero sin quemar goma. Cuando llegaron al aparcamiento situado delante del banco, avanzaron deprisa pero sin llamar la atención. Todos los ocupantes se habían quitado la media de nailon.

El Pontiac verde salió de detrás del banco y recorrió el aparcamiento. Luego se dirigió hacia el este, en dirección opuesta a la que había tomado el otro coche.

21

—Le he preguntado cómo se llamaba, señor Foley, pero no ha querido decírmelo —dijo la recepcionista en tono de disculpa.

Foley dijo que no importaba y cogió el teléfono.

—Aquí, Foley.

—Aquí, Eddie —dijo la voz—. Sé que estás ocupado y todo eso, pero quería saber cómo ha ido. ¿Lo habéis detenido?

—Sí —dijo Foley—. Iba a ponerme en contacto contigo pero luego decidí que sería mejor no hacerlo. Sí, ha ido bien. Bien. Tenía cinco M-16, como tú habías dicho.

—De acuerdo —dijo Eddie—. Me alegra oírlo. ¿Vais a acusarlo y demás?

—Supongo que sí —dijo Foley.

—Bien —dijo Eddie—. ¿Y con eso basta?

—¿Qué basta? —dijo Foley.

—Dijiste que necesitabas una razón —respondió Eddie—. El día que te vi, hablamos de lo de New Hampshire y dijiste que necesitabas una razón. ¿No quieres subir conmigo allí arriba y contarles lo buen chico que soy?

—Te refieres a eso del camión —dijo Foley—. La priva.

—Eh, Dave —dijo Eddie—, no me vaciles, ¿vale? Ya sabes de qué hablo. ¿Quieres dar la cara por mí?

—Ya he hecho la llamada —dijo Foley—. He llamado al fiscal de distrito de ahí arriba y le he dicho que has sido decisivo en una importante detención que hemos practicado y que, como resultado de tu colaboración, hemos aprehendido cinco ametralladoras militares robadas y hemos detenido a un conocido traficante de armas. ¿De acuerdo?

—Espero que sí —respondió Eddie—. ¿Crees que funcionará?

—Ni idea —dijo Foley—. El fiscal de ahí arriba es bastante mezquino. Lo escuchó todo, le pregunté qué le parecía y dijo: «Bueno, por algo se empieza».

—¿Y eso qué significa? —dijo Eddie.

—Le dije que no habríamos podido resolver el caso sin ti y dijo: «Muy bien. Y ahora, ¿trabaja en algo más para ustedes? Preferiría que estuviese colaborando con ustedes en algo más».

—¿Algo más? —replicó Eddie—. ¿No está satisfecho?

—No sé si está satisfecho o no —respondió Foley—. Yo solo te digo lo que él me ha dicho. Dijo que preferiría que estuvieses colaborando con nosotros en algo más. Ya sabes lo que pasa, intercambiar a un tío por otro, sin más, es una cosa, pero cuando tienes a uno que se presta a colaborar, que te seguirá contando cosas..., bien, tienes más con lo que atornillarlo. Supongo que es esto lo que le rondaba por la cabeza al fiscal.

—Mierda —dijo Eddie.

—Eh, escucha —dijo Foley—. Yo no se lo reprocharía, ¿sabes? El tipo está en otro distrito. Sus hombres te detuvieron con todas las de la ley. Y no quisiste hacer un trato con él. Lo hiciste ir a juicio, y eso que no tenías ninguna posibilidad de ganar, solo porque no te dio la gana colaborar.

—Quería que me chivara de los tipos que robaron la priva —dijo Eddie.

—Bueno, eso ya lo sé —dijo Foley—. Pero eso es comprensible por su parte, ¿no? Y tú no se lo dijiste, así que te procesó y, ahora que te tiene pillado, lo llama alguien de otro distrito y le dice: «Coyle me ha hecho un favor. Suéltalo». O sea, que es natural que el hombre diga «Bien, eso está muy bien, pero ¿qué hará por mí? Todavía no he detenido a los tipos que robaron el licor. ¿Por qué voy a hacerle favores a uno que no me los hace a mí?». ¿Y qué contesto yo a eso? Pues que me sentiría del mismo modo si me llamase alguien de New Hampshire y me dijera que Jackie Brown ha hecho algo por él. Estupendo, pero ¿qué ha hecho por mí?

—¿El chico no está haciendo nada por ti?

—A ver cómo te lo explico —dijo Foley—: Creo que se lo está pensando muy en serio. Insinué que le podían caer cinco años y que posiblemente tuviésemos que entregarlo al Estado, aunque no queríamos. Pero que si lo hacíamos, si el Estado te pesca con una ametralladora, es cadena perpetua para siempre más dos años de propina. Me preguntó qué le caería si lo condenaban en un tribunal federal y fui sincero con él, le dije que dependía del juez, entre dos y cinco años. Y luego, una vez que ya lo habían acusado formalmente y lo habían soltado bajo fianza, etcétera, estábamos en el ascensor y, de repente, va y dice «Bien, me parece que ya nos iremos viendo. ¿Dónde recupero mi coche?». Entonces, lo miro muy serio y le doy la mala noticia. «No recuperarás el coche. Es un vehículo que se ha utilizado para cometer un delito, para transportar productos de contrabando. Está confiscado por los Estados Unidos de América.» Y me mira incrédulo y dice que ha pagado cuatro mil dólares por él y yo le digo «Mira, sé cómo te sientes, pero no tengo otra alternativa. Ese coche ya no está y será mejor que te acostumbres. Pasará al servicio del gobierno. Despídete del coche». Y él me mira y yo añado «El tipo que tenía ese Charger que ahora conduzco yo se lo tomó igual de mal que tú. Es duro, pero es lo que hay». Así que sabe que no bromeamos. No me sorprendería que se decidiera.

—Escucha —dijo Coyle—, no puedo entregarle a ese fiscal a los tipos que quiere en New Hampshire. Tendrás que llamarlo y explicárselo. Si lo hago, soy hombre muerto y no hay más. No puede pedirme que me suicide por él.

—No te pide nada —dijo Foley—. No te ha pedido que delates a Jackie Brown. Eso ha sido idea tuya. Eres tú el que pides algo.

—Fuiste tú el que lo dijiste —dijo Coyle—. Dijiste que necesitabas una razón. Y yo te he dado una razón.

—Exacto —asintió Foley—. Dije que no haría ninguna llamada por ti a menos que hagas algo por mí. Así que hiciste algo por mí y yo correspondí, hice la llamada, tal como habíamos acordado. Pero el hombre al que llamé no llegó a comprometerse. No dijo que iría al juez si nos conseguías una detención. No sabía nada de eso, joder. Y yo no te he dicho nunca lo contrario. Dije que, si delatabas a Jackie, yo haría esa llamada por ti, y la hice. Lo que no te gusta es lo que has sacado de esa llamada, pero yo en eso no puedo hacer nada, Eddie. Ya eres mayor.

—O sea que ahora tengo que hacer algo por él —dijo Coyle—. ¿Cómo carajo lo hago? Yo no voy nunca a New Hampshire, no sé nada de lo que pasa ahí arriba.

—Sabías lo de la priva —dijo Foley—. Lo sabías y no quisiste hablar. Eres un tipo leal. Los tipos leales van a la cárcel en casi todas las jurisdicciones que conozco.

—No podía contarle lo de la priva —dijo Eddie—. Me habrían matado. Él tendría que comprenderlo.

—Seguro que lo comprende —dijo Foley—. Y en cualquier caso, no dice..., no dijo que tenías que contarle lo de la priva. Dijo que preferiría ir al juez y decirle que eras un tipo que habías regalado un buen caso al tío Sam y que estabas trabajando en otros. Entonces, el hombre se sentiría mejor porque eso demostraría que te has rehabilitado, que no estabas simplemente pagándonos un rescate para librarte de la cárcel. Lo que quiere es algo así, en mi opinión.

—Me dices que tengo que convertirme en un chivato permanente —dijo Eddie—. Un maldito soplón de mierda permanente.

—Yo no he dicho nada de eso —dijo Foley—. No tienes que hacer nada que no quieras, excepto una cosa: dentro de tres semanas, tendrás que presentarte al Tribunal Federal de Distrito en New Hampshire para que te lean la sentencia por transporte de mercancía robada. Eso tienes que hacerlo. Si no lo haces, emitirán una orden de detención y los alguaciles te encerrarán. Pero eso es lo único que tienes que hacer. Todo lo demás que hagas, será porque quieras hacerlo.

—Eso no está bien —dijo Eddie—. Me has tendido una trampa.

—Escucha, Eddie —dijo Foley—, ve a algún sitio, tómate una cerveza y ten una larga charla contigo mismo. El único que jode a Eddie Coyle es Eddie Coyle. Querías una llamada. Me diste un soplo para que hiciese esa llamada. Ya tienes tu llamada. Si quieres algo más, vete pensando en cómo conseguirlo. Ya sabes dónde encontrarme. ¿Que no quieres encontrarme? Por mí, eso también está bien. Sin resentimientos. Estamos en paz. Entiendo perfectamente que un hombre no quiera delatar a sus amigos. Eso lo entiendo. Y tú tienes que entender en qué posición estoy yo. Lo único que puedo darte es lo que digo que puedo darte. Y eso ya te lo he dado. Lo que hagas a partir de ahora es cosa tuya.

—Tendría que haber sabido que uno no puede fiarse de un poli —dijo Eddie—. Mi madre ya me lo decía, joder.

—Hay que escuchar a las madres —dijo Foley—. Si quieres hablar conmigo, ya sabes dónde encontrarme.

22

El cabo Vardenais, de la policía estatal de Massachusetts, desayunaba a las dos de la madrugada en la can-
tina de Eastern Airlines del aeropuerto de Logan. Apo-
yado delante de él tenía el *Record*. Leía la noticia cuyo
titular rezaba: «UN SEGUNDO BANCARIO MUERE POR LAS
HERIDAS RECIBIDAS EN UN ATRACO EN W. MARSHFIELD».
En la noticia se decía que el director de la sucursal, Ha-
rold D. Burrell había muerto debido a la fractura de cráneo sufrida tres días antes al ser golpeado con una pistola durante un atraco en que los ladrones se llevaron un
botín de sesenta y ocho mil dólares. También menciona-
ba el tiroteo en el que había muerto Robert L. Biggers.

Wanda Emmett, vestida con su uniforme de la Northeast, se sentó en el mostrador al lado del cabo Vardenais.

—Desde que te han ascendido ya no saludas a los amigos, ¿eh, Roge?

—Hola, Wanda —dijo el cabo Vardenais—. ¿Cómo va
la vida?

—Ni bien ni mal —respondió ella—. Ya sabes.

—¿Vas o vienes? —preguntó Vardenais.

—Acabo de llegar —dijo ella—. Ahora hago la ruta de Miami. Salí ayer y he vuelto hoy.

—¿Has tenido un buen viaje?

—En esta época del año hay poco trabajo, ya sabes. Me gusta así, pero empiezo a pensar en cómo será dentro de un mes, con todo el avión lleno, niños que chillan, mujeres que siempre quieren algo... Solo de pensarlo, me deprimo tanto como cuando ocurre de verdad. Curioso, ¿no?

—Y ahora, ¿qué haces aquí? —inquirió Vardenais.

—Dejé el coche aquí —respondió ella—. Al venir, llegaba tarde y el aparcamiento estaba lleno, lo dejé aquí, en la terminal.

—No había imaginado que te movieras en coche —dijo Vardenais—. Creía que te sería más fácil venir en taxi.

—Oh, es que ya no vivo en la calle Beacon —dijo ella—. Me he mudado.

—¿Y eso?

—Bueno —dijo ella—, me llegó una oferta mejor. Al menos, en ese momento pensé que era mejor. Estaba harta de Susie y de sus malditos rulos y entonces me enteré de esa otra cosa y me trasladé.

—¿Y dónde vives ahora?

—No te lo vas a creer —respondió ella—. Vivo ahí arriba, en Orange. Ahí arriba.

—Dios —dijo Vardenais—. Eso está en el quinto pino. ¿Cuánto tardas en coche? ¿Tres horas?

—Dos horas —dijo—. Pensé que estaría muy bien para poder esquiar y esas cosas, pero no fue una idea muy buena.

—¿Tienes un apartamento ahí arriba? —preguntó él.

—Un remolque —dijo ella—. Vivo en un remolque.

—¿Y qué tal te va? El otro día recibí la factura de los impuestos y pensé que tal vez debería buscarme un trasto de esos. ¿Están bien?

—Pero tú no podrías —dijo ella—. ¿Cuántos niños tienes? ¿Dos? Tu mujer se volvería loca. Quiero decir que nosotros solo somos dos, y yo a veces no estoy, y aun así está atestado de cosas. No creo que te fuera bien. No hay sitio para guardar nada, ¿sabes? Y no tienes ninguna intimidad. No te gustaría.

—Supongo que no —dijo Vardenais—, pero me llegó ese recibo y se me rompió el corazón. Empecé a pensar que me cuesta dos o tres dólares al día vivir en esta ciudad.

—Eh, Roge, todavía somos amigos, ¿verdad? —dijo Wanda.

—Pues claro —dijo él.

—Bueno, lo que quiero saber —dijo Wanda— es si, en el caso de que te contara una cosa, como amigo y eso, podrías hacer que mi nombre no se mencionara.

—Claro —dijo él—. Al menos puedo intentarlo.

—No, no, intentarlo no es suficiente. Mi nombre no tiene que salir para nada. Si no, no te lo contaré.

—De acuerdo —dijo él—. No saldrá.

Wanda abrió el bolso y sacó un talonario de cheques de color verde. En la cubierta ponía «First Florida Federal Savings and Loan».

—¿Ves esto? —preguntó.

—Sí —respondió él.

—Ayer hice un ingreso —dijo Wanda—. Abrí una cuenta. Quinientos dólares.

—Sí —dijo él.

Wanda abrió el bolso de nuevo. Sacó talonarios rojos, azules, marrones y verdes sujetos con una gruesa goma elástica.

—Y lo mismo con estos. Ayer hice ingresos en todos estos bancos.

—¿Todos son bancos de Florida? —dijo él.

—Sí, todos de Florida —respondió ella—. Y hace dos semanas, aproveché un bono con un viaje de regalo de la compañía y fui a Nassau y allí también abrí cuentas bancarias. Y en Orange también he abierto algunas más.

—¿Cuántas en total? —preguntó Vardenais.

—Unas treinta y cinco —dijo Wanda—. Treinta y cinco o quizá cuarenta.

—¿Y cuánto hay en ellas? —preguntó él.

—Bueno, así por encima diría que cuarenta y cinco mil dólares. Más o menos. Algo así.

—Eso es mucho dinero para una chica que trabaja —comentó Vardenais.

—Sí que lo es —asintió ella—. Y lo más curioso del caso es que era todo en efectivo. Y todo en billetes pequeños, de cincuenta dólares o menos.

—Creo que me he equivocado de trabajo —dijo Vardenais—. La última vez que vi un documento bancario a mi nombre decía algo de una hipoteca. No sabía que hay personas que tienen dinero para ahorrarlo. Pensaba que el dinero era para pagar cosas.

—Yo no he dicho que mi nombre esté en ninguno de estos talonarios —dijo ella.

—¿Y a nombre de quién están? —preguntó él—. ¿Crees que lo reconocería si lo oyera?

—No están a un solo nombre —dijo Wanda—. Creo

que no reconocerías ninguno de ellos. Mira, conozco al tipo que los escribió, pero me parece que no son de personas reales, ¿sabes? Creo que todos son él.

—Debe de ser un tipo riquísimo —dijo Vardenais.

—Si lo es, lo escondía muy bien —dijo ella—. Yo no sabía nada de todo esto.

—¿Se le murió un tío rico y le dejó dinero? —dijo Vardenais.

—Tres tíos ricos —respondió ella—. Y los tres se han muerto este mes.

—Es curioso, ¿no? —dijo Vardenais.

—Lo es —dijo ella—. Y, por lo que he oído, tiene otro que está muy mal de salud.

—¿Y todos eran banqueros? —preguntó Vardenais.

—No me ha hablado mucho de ellos —dijo Wanda—. Lo único que sé es que un día se levanta muy temprano por la mañana, sale y vuelve por la tarde o así, muy excitado. Bebe ocho o nueve whiskies y se interesa por la prensa del día y ve la televisión. A la hora de la cena, siempre le duele la cabeza y no puede conducir, así que tengo que salir yo a comprar los periódicos. Ah, sí, y tiene una de esas radios grandes de ocho frecuencias, de esas que oyes la AM y la FM y la onda corta y los aviones, ¿sabes? Y también la policía. Sí, las llamadas de la policía. Cuando va a visitar a uno de sus tíos, lleva la radio consigo en el coche y, cuando vuelve, entra con la radio y la escucha toda la noche. Bueno, así me enteré de que uno de sus tíos no se encuentra bien y de que él ha ido a visitarlo.

—¿Y no va nadie más con él? —preguntó Vardenais.

—Que yo sepa, no —respondió ella—. A veces viene un hombre a verlo y hablan y el hombre deja una bolsa de papel que pesa mucho, como si en ella hubiese algo de metal. Eso ocurrió una vez. Fue antes de que uno de sus tíos se muriera. Y también se pone muy tenso cuando piensa que uno de sus tíos empeora de salud. En el remolque no hay teléfono, ¿sabes? Y cuando cree que uno de sus tíos se encuentra mal, sale un rato a hacer llamadas.

—Para ver cómo andan de salud —dijo Vardenais.

—Supongo —dijo ella—. Y luego, al cabo de unos días, me da unos sobres, unos sobres blancos corrientes y me dice que los coja y me da una lista de nombres que creo que son inventados y yo tengo que pasarme toda la escala en Florida yendo de un lado a otro, abriendo cuentas corrientes.

—¿Y cuánto tiempo crees que tardará en morirse el que ahora está enfermo? —inquirió Vardenais.

—No es fácil saberlo —respondió ella—. Uno murió anteayer. Y es curioso porque, normalmente, no se mueren a la vez. Mueren de semana en semana más o menos. Y, como ya he dicho, siempre se ponen muy enfermos a primera hora de la mañana y él tiene que ir a verlos. No me sorprendería que el que ahora está enfermo aguantara hasta la próxima semana. Pero si yo estuviera en su lugar, no haría planes más allá del martes por la mañana, digamos.

—Y no sabes dónde vive el que sigue vivo, ¿verdad? —preguntó Vardenais.

—Te he dicho lo que sé —respondió ella—. El otro día, yo estaba en casa y se presentó ese tipo al que llama Arthur, pero yo estaba en el baño y abrió él, algo que no hace nunca. Supongo que piensa que, como soy azafata, siempre tengo que estar dispuesta a servir a la gente. A lo

que íbamos, él estaba de un humor de perros, absolutamente enfurecido. Lo digo porque olvidó lo amable que
yo había sido con él, utilizando mis escalas para hacer
todas esas gestiones bancarias en su nombre, y me inte-
rrumpió un par de veces porque supongo que dije algo
que no le gustó. Así que yo estaba en el baño, arreglán-
dome el pelo, y él dejó entrar a ese tal Arthur y, aunque
no oí nada de lo que decían, Arthur también estaba muy
alterado. Y hablaron de esto y de lo otro en voz baja y,
de repente, Arthur dice «Bueno, ¿y esto qué tiene que ver
con Lynn?», y mi amigo le responde «Esto no sucederá
en Lynn», y le dice que lo que tienen que hacer, lo único
que tienen que hacer, es asegurarse de una puñetera vez
de que Fritzie no vuelva a perder los papeles. Que lo lleven a casa de Whelan y dejen a Donnie en el banco esta
vez, porque nadie sabe nada, de momento, y todavía pueden terminar lo que han empezado. Y entonces él, mi
amigo, dice «Habla en voz baja, ¿quieres? Está ahí dentro. Ya sabes que no se puede confiar en las mujeres».

—Así que crees que ese otro tío suyo vive en Lynn
—dijo Vardenais—. ¿Sabes en qué parte de Lynn?

—Pues no —respondió ella—. Lo que oí es lo que te he
contado.

—¿Y no podrías averiguar el sitio concreto de Lynn y
llamarme? —dijo Vardenais.

—No —respondió ella—. No podría. Como ya he dicho,
hablan poco delante de mí, aunque a mi amigo le gusta
contar delante de sus amigos cómo folla conmigo, eso sí
que lo hace, y además le parece bien hablar de ello. Pero,
por lo general, me excluyen de todo lo demás, ¿sabes?

—Sí —dijo Vardenais—. Bueno, te agradezco que me
lo hayas contado, Wanda.

—De acuerdo —dijo ella—. Pero mi nombre, ni lo menciones, ¿eh? Y ahora no me vengas con que quizá sí porque podrían hacerme daño.

—Lo sé —asintió Vardenais—. Ese del que estamos hablando, el que tiene todos esos tíos, es Jimmy, ¿verdad?

—En este momento no recuerdo su nombre —dijo Wanda—, pero ya me vendrá a la cabeza.

—Gracias, Wanda —dijo Vardenais.

—De nada, Roge —dijo ella—. Siempre has sido muy amable.

23

Dillon dijo que no estaba seguro de que a Foley le inte-
resara lo que tenía que contarle.

—He pensado un poco en ello —dijo—. No me gusta
hacerle perder el tiempo a nadie en algo que probablemente no sea tan importante. Quiero decir que tú tienes
cosas que hacer y eso. Y luego he pensado, bueno, que
decida él mismo. Si no es importante, de acuerdo, pero
tal vez lo sea, ¿sabes? Así que te agradezco que hayas
venido.

Estaban a la puerta del Waldorf, de cara al parque público. Al otro lado del cruce de las calles Arlington y
Boylston se había apostado un organillero con un cartel
en el que se ofrecía para trabajar en fiestas y celebracio-
nes. Las personas bien vestidas que salían de Shreve's lo
evitaban. Un hombre rechoncho con una chaqueta de
lanilla se detuvo bajo la helada atmósfera gris con una
tonta sonrisa en la cara.

—¿Quieres entrar a tomar un café? —preguntó Foley.

—Creo que no —respondió Dillon—. Tengo problemas de estómago y probablemente sea por la cantidad

de café que bebo. Tengo una cafetera detrás de la barra, ¿sabes?, y mientras voy sirviendo priva a los clientes, trago café constantemente. Suelo tomar dos cafeteras y media al día y supongo que es demasiado. Siento ganas de vomitar, ¿sabes?

En la acera de enfrente de donde estaba el organillero, unos cuantos chicos y chicas con el pelo larguísimo y guerreras del ejército formaban un grupo. Unos cuantos estaban sentados en los escalones de la iglesia de la calle Arlington. A cada lado de la calle Arlington había un joven alto que vendía periódicos.

—Pues podríamos tomar un té —dijo Foley.

—No, gracias —dijo Dillon—. Detesto el té. Cuando estaba casado, la parienta no dejaba de tomar té. No lo soporto. Yo, si bebía algo, bebía café, ¿sabes? Y cuando iba a algún sitio, pedía un batido y eso me hacía sentir mejor.

Cada vez que los semáforos detenían el tráfico de vehículos, el joven alto que estaba en el lateral del parque público de la calle Arlington bajaba de la acera y caminaba entre las filas de vehículos, moviendo los periódicos en el aire al tiempo que se inclinaba para mirar las ventanillas de los coches.

—¿Qué coño vende? —preguntó Dillon—. ¿No es eso que prohibieron?

—Probablemente, el *Phoenix* —dijo Foley—. El otro día, pasé por ahí y vendía el *Phoenix*.

—¿Cuál es el *Phoenix*? —preguntó Dillon—. ¿Ese que pueden detenerte por vender?

—No creo —dijo Foley—. Me parece que ese es otro, se me ha olvidado el nombre. No sé cuál es. No lo he comprado nunca.

—Tal vez venda dos al día —dijo Dillon—. En cualquier caso, ¿qué demonios intenta demostrar?

—Mira, al menos hace algo —dijo Foley.

—Sí —dijo Dillon—, hace algo. Esos hijos de puta zumbados podrían ir a trabajar, ¿no?, si quieren hacer algo. La otra noche vino un tipo con esa revista, *El Polvo*. Así se llama. ¿Sabes lo que lleva?

—Fotos guarras —dijo Foley.

—De todo —dijo Dillon—. Dios, si hasta había una foto que al parecer mandó el propio menda que aparece en ella. Se lo ve en un parque todo nevado, con el culo al aire, la mirada ida y la gran polla colgando. Con una gran sonrisa en la cara. Imagínatelo.

—Probablemente estaba salido —dijo Foley.

—Sí, probablemente fuera eso —dijo—. Un amigo mío tiene una de esas librerías, ¿sabes? Vende, bueno, creo que vende fotos de chochos, ¿sabes? Pero me dice que hace mucho negocio con fotos de chicos, chicos con la polla grande. Yo le pregunté quién las compraba y dijo que los mismos tipos que compran el otro material, las fotos de chicas.

—Es un mundo curioso —dijo Foley.

—Cuanto más tiempo llevo en él, más curioso se vuelve —dijo Dillon—. Nunca habría pensado que pudieran meter este tipo de material en el país, ¿sabes? ¿Por qué no dejáis de ir por ahí molestando a la gente que solo va a lo suyo y detenéis a los que meten esa mierda en el país?

—Eh —dijo Foley—, a mí no me culpes de esa movida de los coños. Eso es cosa de Correos, Aduanas o lo que sea. Yo no quiero tener nada que ver con esa porquería. Además, eso dejaría a tu amigo sin trabajo. No querrás que le ocurra eso, ¿verdad?

—Dave —dijo Dillon—, estoy convencido de que no podrías dejar sin trabajo a mi amigo como no fuese con una bomba, ¿sabes? Hace unos seis años que conozco a ese tipo, no lo han detenido nunca, no se ha metido nunca en líos, siempre lleva unos dólares encima, viste de una manera respetable, joder. Con camisa y corbata. Y creo que este es quizá el noveno negocio que tiene. Durante un tiempo tuvo un bar, luego se metió en el mundo del espectáculo. El año pasado lo vi en el hipódromo, tiene un buen Cadillac. El año pasado me invitó a ir a Nueva Orleans para la Super Bowl y me lo pagó todo, el viaje en avión, la entrada al estadio, todo, y yo le digo «¿Qué quieres de mí?». ¿Y sabes qué me dice? Pues me dice «Creía que te gustaría ver el partido, eso es todo». Y realmente fue así. Un buen tipo de verdad.

—Y entonces, ¿qué hace vendiendo fotos guarras? —dijo Foley.

—Bueno, a eso me refería —dijo Dillon—. Se lo pregunté y me dijo: «La gente quiere comprar esas cosas. ¿Crees que me importa cómo se excita un tipo? Eso es cosa suya. Si quiere comprar algo, ¿quién soy yo para decir que no puede, eh? Si a mí me gustan otras cosas, es asunto mío. No he visto nunca que alguien que compra esas revistas venga a decirme que no puedo hacer lo que hago, así que, ¿dónde está el problema?». Y yo le pregunto si no cree que los mendas que compran ese material no van luego por ahí persiguiendo niños y él dice: «No, creo que van a casa y se la cascan con las fotos. Eso es lo que creo». Así que, ¿cómo vas a saber algo así? Yo no tengo ni idea.

—Eh, oye —dijo Foley—, ¿y qué pasa por ahí?

—Ah, sí —dijo Dillon—. Bueno, en realidad no lo sé,

¿entiendes? Pero estaba ese asunto... En fin, ¿te acuerdas de que la última vez que nos vimos hablamos de Eddie Dedos?

—Sí, recibía muchas llamadas telefónicas —dijo Foley.

—Sí —asintió Dillon—. De Jimmy Scal.

—Y estaba muy preocupado —dijo Foley.

—Muy preocupado —repitió Dillon—. Poniéndose hasta el culo de priva y todo eso.

—Sí —dijo Foley.

—Bueno, pues ahora veo que tiene mucho dinero. Eso es raro en él. Las cosas le van bien. Suele llevar un par de dólares encima, pero ahora tiene mucho dinero.

—¿Como cuánto? —quiso saber Foley.

—Bueno, no sé, exactamente —respondió Dillon—. Solo vi el fajo de billetes un momento, ¿sabes? Pero había billetes grandes y yo diría que ahí llevaría un par de miles, como mínimo.

—¿Y cómo es que lo viste?

—Vino la otra noche —respondió Dillon—. Pidió un chupito y una cerveza. Vino sobre las siete o siete y media y eso, ¿sabes?, tampoco es habitual en él. O viene a mediodía o ya no lo ves hasta última hora de la noche. Pero el otro día aparece a esa hora y pide la bebida y le sirvo y se sienta a leer una revista de caballos o algo así y no quiere conversación y luego llega el otro tío. Eso, al cabo de un rato, llega el otro tío.

—¿Conoces al otro tío? —inquirió Foley.

—Bueno, digamos que lo conozco, que lo reconocería si volviera a verlo, ¿vale? Pero ahora mismo no recuerdo su nombre, si no te importa. Preferiría dejarlo fuera de todo esto, si puedo.

—De acuerdo —dijo Foley.

—Así que entra el otro tío y Eddie deja el taburete de la barra y van a sentarse a un reservado, ¿sabes? Y veo que el otro tipo no está tomando nada y es un cliente de confianza, así que preparo un *bourbon* Wild Turkey con hielo y una Budweiser, me acerco y se lo dejo delante. Y en ese momento Eddie está metiéndose ese gran fajo de dinero en el bolsillo y el otro está recogiendo unos cuantos billetes de encima de la mesa. Ahí fue cuando lo vi.

—Y no sabes lo que estaban haciendo —dijo Foley.

—Eh —dijo Dillon—. Hablo en serio. El otro menda tiene que quedar fuera de esto.

—De acuerdo —dijo Foley—. No voy por él, solo preguntaba.

—Bueno, no tiene nada que ver con lo que estábamos hablando, eso es todo —dijo Dillon—. Escucha, entre tú y yo, no me sorprendería que Eddie estuviera comprando una tele, ¿sabes? Una tele en color. Pero que esto quede estrictamente entre tú y yo. El dinero está relacionado con algo que tú sabes, de acuerdo, pero el otro menda no va incluido en el paquete.

—Vale —dijo Foley—. ¿Y qué piensas de ese dinero?

—No lo sé —respondió Dillon—. Como ya he dicho, Eddie no es de esos tipos que uno espera ver con mucha pasta, ¿sabes? Así que, cuando la vi, pensé que, bueno, que quizá era algo que tú deberías saber y tal. ¿Tiene algún marrón contigo?

—Te lo diré de otra manera —respondió Foley—. Tiene un marrón con los Estados Unidos, pero arriba, en New Hampshire, de cuando lo pescaron con un cargamento de priva. Es decir, que quizá sea ese el marrón que tiene conmigo, no lo sé.

—Pensaba que todo eso había terminado —dijo Dillon—. Pensaba que ya había pagado el pato por ello, ahí arriba. ¿Cuándo fue? ¿El mes pasado o así? En cualquier caso, hace un tiempo.

—Lo condenaron —dijo Foley—, pero me han dicho que tiene que comparecer el mes próximo para que dicten la sentencia. Había no sé qué lío de un nuevo juicio o algo así. Tal vez sea antes, no sé.

—¿Y qué puede caerle por eso? —quiso saber Dillon—. ¿Cárcel?

—No sé mucho del caso, la verdad —respondió Foley—. Está fuera de nuestra jurisdicción, ¿sabes? Supongo que cabe la posibilidad de que le caiga algo de cárcel, pero no lo sé. El otro día, por casualidad, oí que alguien hablaba del caso y por eso he pensado en ello cuando te he oído hablar del asunto, ¿entiendes?

—A Eddie no le gusta la cárcel —dijo Dillon.

—Bueno —dijo Foley—, a poca gente le gusta. Conozco a bastantes que han estado en chirona alguna vez y solo uno o dos pueden decir que realmente les haya gustado, ¿sabes?

—Sí —asintió Dillon—, pero, mira, él ya debe de saber lo que le espera, ¿no? Habrá hablado con alguien del asunto, ¿no? Tendrá cierta idea de...

—Supongo que sí —dijo Foley.

—Bien —dijo Dillon—, pues lo que ahora me pregunto es por qué carajo compra una tele en color, si va a pasarse un tiempo en la cárcel.

—Tal vez sea un regalito para su mujer —dijo Foley—. Para que se quede contenta en casa mientras él cumple condena.

—Lo dudo —dijo Dillon—. Conozco un poco a Eddie

y no sería propio de él. No se lleva tan bien con la parienta.

—¿No tiene una amiga? —quiso saber Foley—. Quizá sea un regalito para su amiga.

—No —dijo Dillon—. Echa una cana al aire de vez en cuando pero no tiene ninguna amiga. Me parece que no piensa mucho en eso, en acostarse, quiero decir. ¿Ahora te permiten tener una tele en la celda?

—Pues no —respondió Foley—. Que yo sepa.

—No, no creo —dijo Dillon—. No recuerdo nada semejante de cuando estuve en el talego. No, creo que Eddie piensa que no irá a la cárcel y me gustaría saber por qué cree eso.

—A mí me gustaría saber de dónde ha sacado el dinero —dijo Foley—. Eso es lo que me preocupa. Siempre he pensado que vivía con lo justo. Me pregunto qué habrá hecho para conseguir todo ese dinero.

—Interesante, ¿no? —dijo Dillon—. Te diré una cosa: piensa en cómo es posible que un pez pequeño tenga tanto dinero de repente y yo pensaré en cómo es posible que un hombre que tiene los antecedentes que tiene no crea que va a ir a la cárcel por ese asunto de la priva. Y tal vez hable con gente y me ponga en contacto contigo, ¿de acuerdo?

—Bien —asintió Foley—. Espero tus noticias.

24

Cuando Fritzie Webber aparcó el Buick LeSabre azul en el paseo marítimo de Nahant a las seis menos cuarto del martes por la mañana, ya empezaba a clarear. Scalisi llegó tras él en un sedán Chevrolet de color marrón. En el asiento trasero del Chevrolet iba Arthur Valantropo. Mientras Webber cerraba el Buick y montaba en el Chevrolet, el tubo de escape de este emitió una fina capa de humo que se condensaba en el frío aire de la mañana.

—¿Todo bien? —dijo Scalisi.

Scalisi llevaba un cortavientos de nailon verde y una media de nailon en la cara. En el asiento trasero, Arthur Valantropo se puso otra media sobre el rostro y el tejido comprimió tanto sus facciones que fue convirtiéndolas poco a poco en unas formas extrañas. Webber sacó una media del bolsillo de la chaqueta y asintió.

—¿No te han seguido? —dijo Valantropo.

—No he visto nada —respondió Webber—. En todo el trayecto desde Fall River, iba yo solo por la carretera. Si me han vigilado, lo han hecho desde un avión. ¿Y qué hay de Donnie? ¿Todo bien?

—Lo hemos visto dirigirse hacia allí —respondió Scalisi, saliendo a la calle con el Chevrolet—. Tenía el pulgar levantado, así que supongo que todo bien.

—De acuerdo —dijo Webber, con el rostro ya cubierto con la media—. Me pregunto qué habrá sido lo que ha excitado tanto a Dillon. —Metió la mano debajo del asiento y sacó una bolsa de papel. De ella extrajo un Python 357 mágnum y quitó el seguro del cilindro. Sacó cinco balas del bolsillo de la chaqueta y empezó a cargarlas en las recámaras.

—Estaba preocupado por Coyle —dijo Scalisi—. Y yo le creo. Se preguntaba si tal vez Coyle quería entregarnos a cambio de eso que tiene pendiente en New Hampshire.

—Aún podría hacerlo —dijo Valantropo.

El Chevrolet dejó el paseo marítimo y dobló por una calle residencial. A una buena distancia de la calzada, detrás de unos muros bajos y unos setos todavía verdes a finales de otoño, se alzaban unas casas enormes construidas a principios de siglo.

—Imposible —dijo Scalisi—. No sabe nada. Yo nunca le he dicho nada, joder. Lo único que sabe es que queríamos armas. Y por lo que él sabe, las utilizamos para hacer prácticas de puntería.

—Eso era antes de que diéramos un palo —dijo Valantropo—. Tan pronto dimos el primero, lo supo. Coyle no es estúpido, ¿sabes?

—Ya sé que no lo es —dijo Scalisi—. También sé que tiene una mano rara de un descuido que tuvo. Es demasiado listo como para volver a cometer un desliz parecido. Además, ¿y qué si quiere vernos en el talego? ¿Y qué si ha querido delatarnos? ¿Qué puede decirles?

Puede contarles lo que hemos hecho, tal vez. Lo que cree que hemos hecho. Pero no sabe dónde vamos a estar; por lo menos, no lo sabrá hasta que ya estemos allí. Te lo digo en serio, es imposible que pringuemos por su culpa.

Scalisi metió el Chevrolet en la amplia curva de la calzada de acceso al número 16 de la calle Pelican. Los neumáticos crujieron sobre las piedras blancas. A unos cien metros de distancia de la calle, se alzaba una laberíntica mansión de tres pisos y tejados a dos aguas, cómodamente situada frente al viento procedente del océano.

—A este Whelan le van bien las cosas —dijo Webber—. ¿Sabemos si tiene hijos?

—Ya mayores y no viven aquí —respondió Valantropo—. Aquí solo viven él y la mujer. Es una señora muy agradable. Mientras nos esperas, seguramente te preparará un buen desayuno caliente.

—Esto de esperar no me gusta —dijo Webber—. Me alegro de que este sea el último palo. Me pone nervioso quedarme ahí sentado, sin saber lo que está pasando.

—Pues en el banco también te pusiste nervioso —replicó Valantropo—. Precisamente por eso, ahora Donnie está allí y tú te quedarás aquí, en vez de hacerlo al revés.

—Yo no fui el único, oye —dijo Webber—. Jimmy también le pegó un buen mamporro al viejo, por lo que he leído en los periódicos.

—Debía de tener un cráneo muy fino —dijo Scalisi—. En mis tiempos, pegué mucho más fuerte a algunos tipos sin matarlos.

—Sí —dijo Valantropo—, y recuerda que Jimmy tuvo que arrearle al menda porque tú ya la habías jodido en el banco. Te lo he dicho mil veces, matar a alguien es la forma más segura del mundo de que manden un ejército en tu busca, joder.

—Escucha —dijo Webber—. El tipo tocó la alarma, joder. ¿O no lo hizo? Y eso que los habíamos avisado. Si le dais a la alarma, os haremos daño. Por el amor de Dios, vaya si lo dijimos. Y como no hicieron lo que les dijimos, no me quedó más remedio. No me importa. Era lo que había que hacer.

—Cuando ya tienes el dinero, no hay por qué —dijo Valantropo—. Si pasa cuando acabas de entrar, estoy de acuerdo contigo, tienes que protegerte, por supuesto, pero si ya tienes el dinero, si ya te marchas, no. Cuando estás a mitad de camino de la puerta, por el amor de Dios, ¿en qué te beneficia eso? ¿Qué ganas con disparar si ya te marchas y ellos pulsan la alarma, eh? ¿Detiene eso la alarma? ¿O crees que la alarma no sonará si disparas al tío que la ha accionado? No, lo único que haces es empeorar las cosas. No consigues más tiempo para huir. Lo único que consigues es que todo el mundo se asuste y empiece a correr de acá para allá. No vale la pena, no vale la pena en absoluto. Y lo que yo digo es que no hay que disparar a nadie a menos que hacerlo te beneficie.

—Sí, bueno —dijo Webber—, pero no estoy de acuerdo contigo.

El Chevrolet subió despacio por la calzada y se detuvo silenciosamente delante del garaje. Scalisi apagó el motor dándole a la llave del encendido muy despacio, como si así fuese a notarse menos que dejaba de hacer ruido.

—Bien —dijo Valantropo—, si no estás de acuerdo conmigo, te jodes y haces lo que yo digo.

—Callad los dos de una vez, cabrones, y manos a la obra —dijo Scalisi con voz queda—. Estoy harto de oíros.

Se apearon sin prisas y ajustaron las puertas del coche sin que quedaran cerradas del todo. Antes de seguir, se miraron unos a otros a través del nailon a la luz de la mañana. Luego, reconocieron la zona. Avanzaron con cautela por la gravilla de la entrada y después por la hierba. Se acercaron a la casa en fila india, recorriendo el césped junto al sendero de gravilla. La escarcha se fundía y les mojaba las zapatillas deportivas. Cerca de la puerta trasera de la casa, Scalisi y Valantropo se rezagaron unos seis o siete pasos por detrás de Webber. Todos llevaban el revólver en la mano. Webber se cambió el revólver a la mano izquierda. Con el arma apuntando al cielo, sacó de la manga una delgada espátula de metal con el mango de madera. Dejó el césped y subió el primer peldaño del porche trasero. Scalisi y Valantropo se situaron a ambas esquinas de los escalones.

Webber se agachó ante la puerta de tela metálica e inspeccionó el tirador. Se colocó la espátula entre los dientes y tanteó el pomo de la puerta, que se abrió despacio y silenciosamente. Detrás de la puerta de tela metálica había una puerta de madera con nueve pequeños paneles de cristal. Scalisi, que sostenía la puerta de tela metálica con la mano izquierda, se inclinó hacia delante para inspeccionar la jamba cerca del tirador.

—¿Qué tal es? —preguntó entre susurros.

—Un cilindro corriente —respondió Webber, también susurrando. Se incorporó unos instantes y miró a través del cristal.

—¿Tiene cierre de cadena? —cuchicheó Scalisi.

—No —murmuró Webber.

Retiró la mano izquierda y se metió el revólver en el cinturón, a la altura de la cadera. Se inclinó otra vez y Scalisi vio que su colega introducía la hoja de la espátula entre el borde de la puerta y la jamba. Oyó un sonido metálico y observó que Webber ejercía cierta presión sobre la puerta, que finalmente se abrió en silencio.

Valantropo estaba ya en las escaleras. Dejando huellas de calzado mojado, entraron por la puerta trasera. A la tenue luz del amanecer, rozaron unos abrigos colgados en el vestíbulo, subieron un tramo de tres gastados peldaños y abrieron otra puerta que daba a la cocina. Salvo el leve chapoteo de sus zapatillas mojadas, en la casa reinaba el silencio.

Ya en la cocina, Webber se volvió hacia los demás y trató de sonreír debajo de la máscara de nailon.

—¿Todo bien? —susurró.

En el patio situado detrás de la casa y del garaje, Ernie Sauter apoyó la culata de su Winchester del calibre 12 en la cadera y señaló hacia los matorrales de la parte trasera de la casa. Deke Ferris, agachado, corrió en dirección al garaje. Llevaba una metralleta Thompson. Sauter echó un vistazo a la segunda planta de la casa. Vio a Tommy Damon apostado al otro lado de una ventana que daba a la puerta trasera. Sauter levantó la mano con la palma hacia arriba. El rostro de Damon desapareció de la ventana.

Scalisi cruzó la cocina de puntillas y con cautela hacia la puerta del otro lado. Puso la mano enguantada en uno de los paneles de cristal de esta, a la altura de su cintura, y empujó. La puerta se abrió en silencio. Scalisi miró el vestíbulo y dejó que la puerta volviera a cerrarse despacio. Se volvió hacia Valantropo y Webber y levantó el pulgar.

Valantropo estaba junto a la mesa de la cocina. Cuando Scalisi hizo la señal, levantó una de las sillas y volvió a depositarla silenciosamente en el suelo. Dejó el revólver encima de la mesa y se sentó.

Scalisi volvió a la mesa. Sin hacer ruido, cogió otra silla y se sentó. Apoyó los codos en los muslos y sostuvo el revólver en la mano derecha.

Webber se puso delante de Valantropo. Dejó el revólver encima de la mesa. Movió una silla en silencio y se sentó.

—¿Cuál es el programa? —susurró.

—Por lo que he visto, el viejo se levanta primero y baja a la cocina —respondió Scalisi—. No sé cuándo baja la vieja. Habrá que esperar a ver.

Oyeron pasos en el piso de arriba y prestaron atención. Las personas que andaban eran más de una.

—Magnífico —dijo Webber—. Papá y mamá bajarán juntos.

Atentos a los pasos en las escaleras, empuñaron los revólveres. Estaban todos de cara a la puerta del vestíbulo principal cuando Ferris y Sauter entraron en la cocina por la puerta trasera. Cuando se volvieron hacia el sonido, Damon y Rufus Billing entraron por la puerta del vestíbulo, apuntándolos con las escopetas.

—Hijos de puta —dijo Sauter—, sois unos pardillos.

Durante lo que pareció una eternidad, nadie se movió; luego, los tres enmascarados dejaron los revólveres en la mesa con cuidado.

25

Eddie Coyle había dormido demasiado. Cuando despertó, eran casi las nueve. Se duchó y se afeitó a toda prisa. Malhumorado, salió al vestíbulo y se dirigió a la cocina. Su mujer bebía café y veía la televisión.

—¿Por qué demonios no me has despertado? —le dijo.

—Ayer te desperté y me pegaste la bronca por no dejarte dormir —dijo ella sin apartar los ojos de la pantalla—. Hoy, te dejo dormir y me pegas la bronca porque no te he despertado. ¿Qué pasa? ¿Ya quieres empezar con bronca a primera hora de la mañana?

—Hoy tengo cosas que hacer —dijo Eddie. Se sirvió café—. Escucha, tengo que hacer unas llamadas.

Su mujer suspiró y empezó a levantarse despacio del sofá.

—Lo sé, lo sé —dijo—. Vete al piso de arriba porque voy a hacer unas llamadas. A veces pienso que estoy casada con el Presidente o algo por el estilo. ¿Tan secreto es lo que dices que yo no puedo escucharlo? Creía que me había casado contigo.

Eddie no dijo nada y su mujer salió de la cocina. Al

cabo de un momento, oyó el ruido de la ducha. Cogió el teléfono.

—Soy Eddie —dijo, cuando Foley respondió—. Escucha, tengo que hablar contigo.

—Pues habla —replicó Foley—. Te estoy escuchando.

—Tienes que hacer algo —dijo Coyle—. Quiero que hagas algo por mí, ¿comprendes?

—En primer lugar, quiero saber qué —dijo Foley—. Luego, querré saber por qué. Me parece recordar que te cuesta entender qué entra en el trato y qué no.

—Escucha —dijo Coyle—, déjate de chorradas. Quiero que llames a New Hampshire y preguntes si bastaría que os entregara a los tipos que están atracando bancos.

—¿Qué tipos? —preguntó Foley—. ¿Qué bancos?

—Ya sabes qué tipos y qué bancos —dijo Coyle—. No digo que vaya a hacerlo ahora, ¿entiendes? Solo me gustaría saber si eso bastaría, en caso de que lo hiciera.

—Supón que sí —dijo Foley—. ¿Vas a hacerlo?

—No lo sé —respondió Coyle. Levantó la mano izquierda y se la examinó—. Se me ocurren otras cosas más seguras. No lo sé. Lo único que quiero saber es qué pasa si decido hacerlo, si eso me libraría del marrón.

—De acuerdo —dijo Foley—. Se lo preguntaré. Es lo único que puedo hacer.

—Bien —dijo Coyle—. ¿Podrás hablar con él a mediodía?

—Supongo que sí —respondió Foley—. Para entonces, ya podré decirte algo.

—De acuerdo —dijo Coyle—. ¿Y dónde nos encontraremos?

—¿Por qué no me llamas? —dijo Foley—. Estaré aquí.

—No —dijo Coyle—. Quiero verte, asegurarme de que me entero de todo lo que ocurre.

—De acuerdo —dijo Foley—. ¿Conoces Cambridge? ¿La zona de Central Square?

—Debería conocerla. Me crié allí.

—Bien —dijo Foley—. Allí hay un café Rexall, en el cruce grande. ¿Sabes a cuál me refiero?

—Sí —dijo Coyle.

—Estaré en ese café a mediodía —dijo Foley.

—No sé si iré —replicó Coyle.

—Esperaré hasta las doce y media —dijo Foley—. No puedo esperar más. Esta tarde tengo que ver a un tipo.

—De acuerdo —dijo Coyle—. Si voy, estaré allí antes de esa hora. Si no estoy, es que he decidido no acudir.

26

Dillon encontró el Continental plateado con la capota de plástico negro en el aparcamiento de la estación Columbia, en Dorchester. En el asiento del conductor esperaba un hombre. Dillon abrió la puerta del pasajero y entró.

—Siento haberte sacado de la cama —dijo el hombre.

Aquel hombre era obeso. Llevaba gafas de sol. Tenía la piel aceitunada y vestía un traje azul oscuro. Fumaba un cigarrillo.

—No pasa nada —dijo Dillon—. Trabajo de noche, ¿sabes? Nunca me levanto antes del mediodía.

—Es una emergencia —dijo el hombre—. Quería saber si podrías resolvernos un problema.

—Es más que probable —dijo Dillon—. Supongo que depende, pero es más que probable.

—Es muy importante —dijo el hombre—. Por eso me he puesto en contacto contigo. Él me dijo... Me dijo que tenía que conseguir a alguien en quien pudiéramos confiar del todo, del que estuviéramos completamente seguros, ¿sabes? El chico y él estaban muy unidos. Por eso nos estamos moviendo tan deprisa.

—Te me estás adelantando —dijo Dillon—. ¿Quién es el chico?

—Donnie Goodweather —respondió el hombre—. Seguro que lo conocías. El jefe lo trataba como si fuera su hijo. Y algunos dicen que lo era.

—No he oído hablar nunca de él —dijo Dillon.

—Bien, pues ahora oirás —replicó el hombre—. Esta mañana se lo han cargado en Lynn.

—¿Quiénes? —preguntó Dillon—. Eh, tú me conoces y sabes que no me gusta parecer estúpido. Si el jefe quiere que se haga, aquí estoy yo para hacerlo.

—Me alegra oírlo —dijo el hombre—. Corrían rumores por ahí de que quizá estabas pensando en un gran jurado o algo así. Me alegra oír lo que dices. El jefe también estará satisfecho.

—¿Y qué demonios ocurre? —preguntó Dillon.

—La policía estatal —dijo el hombre—. Parece que, esta mañana, Donnie estaba sentado en un coche a la puerta del Colony Cooperative como si estuviese esperando a alguien y, en lugar de la gente que esperaba, aparecieron unos polis con máscaras y chaquetas. Y él sale del coche, también con máscara y pistola, y le dicen que queda detenido, supongo, y, en un abrir y cerrar de ojos, empieza un tiroteo. Ha llegado muerto al hospital. El jefe está muy afectado.

—¿Y quién más tiene un problema? —quiso saber Dillon.

—Jimmy Scal y Artie Valantropo y Fritzie Webber —dijo el hombre—. Esta mañana los han colocado a todos en una casa de Nahant. Por lo que me han dicho, el dueño de la casa es el tesorero del Colony Cooperative. Jimmy, Artie y Fritzie entraron en la casa mientras

Donnie esperaba en el banco. Así que entran los tres y resulta que la casa está plagada de polis. Entonces, los polis les quitan las máscaras y las chaquetas a Artie Van y a Jimmy y se van al banco con el otro poli en el coche con ellos, con pinta de asustado, supongo, y llegan al banco. Los polis bajan del coche con la máscara puesta, claro, y ya sabes que así es difícil reconocer a la gente y, por lo que he oído, Donnie también se apea de su coche. Todo esto lo he sabido por Paulie LeDuc, que es el abogado de Scal. Llamó enseguida, tan pronto habló con Jimmy. Bueno, a lo que iba, Donnie se baja del coche y los polis dicen «Manos arriba. Estás detenido». Bueno, el chico era joven y siempre llevaba un par de pipas encima, en fin, creo que si no era realmente el hijo del jefe, como dicen algunos, al viejo le gustaban las agallas que tenía. Y el chico empezó a disparar. Lo dejaron hecho puré.

—Oh, oh —dijo Dillon.

—Exacto, oh, oh —dijo el hombre—. Y los otros tres, acusados de homicidio en primer grado. Esta tarde tienen la vista previa y, como es natural, quedarán detenidos hasta comparecer ante el gran jurado. El jefe está que trina.

—No puedo reprochárselo —dijo Dillon.

—Bueno, yo tampoco se lo reprocho —dijo el hombre.

—En cambio, a Jimmy Scal sí que se lo reprocho —dijo Dillon—. Por lo que yo sé, quien la ha cagado ha sido él.

—¿Y cómo lo sabes?

—Le avisé —dijo Dillon—. El otro día me enteré de algo. Ese tipo al que los dos conocemos, Scal y yo, va a comparecer muy pronto para que le lean la sentencia y lo condenarán casi seguro, ¿sabes? Pero el menda no se comporta como si creyera que va a ir a la cárcel y eso me pone muy nervioso, ¿sabes? ¿Por qué está tan confiado? ¿Es que está pensando en delatar a alguien? Así que llamé a Jimmy y se lo dije. Le dije: «Si tienes algo en marcha, será mejor que esperes unos días. No me gusta cómo huele todo esto». Pero no me hizo caso, ninguno. Siguió adelante.

—Ese tío —dijo el hombre—, ¿es alguien a quien conocemos?

—Podría ser —respondió Dillon—. Tuvimos que romperle unos huesos hace un tiempo. Pillaron a Billy Wallace con una pistola que tenía un historial. Tuvimos que darle una lección. Pensé que la había aprendido. De vez en cuando, le doy algo de trabajo.

—¿Se llama Coyle? —inquirió el hombre.

—Ese mismo —respondió Dillon—. Le hice conducir un camión para mí y otro tipo en New Hampshire y lo pillaron. Y precisamente por eso tiene que comparecer ante el juez. En su momento no habló, pero ahora se le viene encima un buen marrón y lo sabe. He llegado a pensar que tal vez planeaba delatarme, pero seguro que no lo haría sin firmar antes el testamento. Así que imagino que, en vez de delatarme a mí, delató a Jimmy y a Artie. Hijo de puta.

—Es el que Scal mencionó —dijo el hombre—. LeDuc le dio su nombre al jefe. Coyle. Eddie Dedos. Ese es.

—¿Lo quieres muerto? —preguntó Dillon.

—El jefe lo quiere muerto —dijo el hombre—. Y algo más. Quiere que muera esta noche.

—Esta noche no puedo hacerlo —dijo Dillon—. Por

el amor de Dios. Necesito un poco de tiempo, ¿sabes? Tengo que cuadrar algunas cosas, necesito un coche y una pipa y un conductor y antes tengo que tenderle una emboscada. Si voy por él, lo haré bien. No voy a hacerlo como un chico que ha pillado a su novia jodiendo con otro, maldita sea.

—El jefe dice que esta noche.

—Bien —replicó Dillon—, pues vuelve y dile que has hablado conmigo. Él me conoce, sabe quién soy, dile: «Dillon se encargará, pero lo hará bien, lo hará de modo que no haya mil seiscientos tíos mirándolo cuando lo haga». Dile eso.

—Tendrás que ir con cuidado —dijo el hombre— o pondrán precio a tu cabeza.

—Puedes apostar el culo a que iré con cuidado —dijo Dillon—. Pido un precio justo. Cinco de los grandes por anticipado. Por cierto, ¿dónde están?

—Ahora no tengo el dinero —dijo el hombre—. Haz el trabajo y te lo daré.

—¡Vaya! —dijo Dillon—. Un coche grande y moderno de judío rico, un traje de cuatrocientos dólares, zapatos caros y todo lo demás, y quiere que trabaje para él a crédito. Déjame que te diga una cosa, monada. No va a ser así. Empiezo a preguntarme si realmente te envió el jefe. No lo he visto nunca trabajar así. Siempre es muy cuidadoso, hace las cosas como es debido. Nada que ver con esto. Él no es de esos que se dejan tomar una foto mientras echa una meada, con una mano en la polla y sujetándose los pantalones con la otra. ¿Qué coño pasa con vosotros, tíos? ¿Habéis perdido los papeles?

—Pero, escucha... —dijo el hombre.

—Ni escucha ni nada —dijo Dillon—. Si trato a un

hombre con respeto, espero que él también me trate con un poco de respeto. Él sabe cómo trabajo, lo que hago, y por eso me quiere a mí. Conmigo, hay que poner la pasta por delante. Si no hay dinero, no hago el trabajo. No acepto tarjetas de crédito de ninguna clase. Y ahora, haz una cosa. Ve a ver al jefe y le dices «Dillon lo está preparando todo, el coche, la pistola, todo. Lo tendrá todo dispuesto para actuar en cuanto tú aprietes el botón». Dile eso. Y no vuelvas a verme sin el dinero. Estoy dispuesto a hacer un favor a quien sea, pero también tengo que pensar en otras cosas. Hay maneras correctas y maneras incorrectas de actuar. A menos que quieras que detengan a Coyle o algo así. Eso podría hacerlo hoy mismo y gratis.

—No me tomes el pelo —dijo el hombre—, no me vengas con tonterías de que lo harás detener. Si llega el momento de que el jefe quiere dejar de serlo, ya te lo haremos saber. Tú ya sabes cómo manejar esos asuntos.

—Pues sí —replicó Dillon—. Y precisamente por eso me cuesta tanto entender qué carajo ocurre aquí. Me parece que aquí hay algo raro, no sé. Ya sabes dónde ponerte en contacto conmigo. Lo prepararé todo, pero no me moveré hasta que tenga la pasta, ¿entendido?

—Al jefe no le va a gustar —dijo el hombre.

—Ha sido él quien ha venido a buscarme —dijo Dillon—. Supongo que eso significa que quiere que haga algo, que lo haga yo. Me ha pedido que hiciera cosas difíciles y las he hecho y nadie ha salido herido salvo el tío que tenía que salir herido. En todo lo que he hecho, nadie ha terminado en la morgue, y no puedo decir lo mismo de algunos que conozco.

—El jefe sabe que trabajas bien —dijo el hombre.

—De acuerdo —dijo Dillon—. Estaré en el bar. Si quieres algo, me llamas y veré qué podemos hacer. Pero haremos las cosas bien, ¿de acuerdo?

—Hasta pronto —dijo el hombre.

27

—No se ha presentado —dijo Foley—. He estado allí sentado media hora, me he tomado un sándwich de queso y un café. Dios, se me había olvidado lo malo que es un sándwich de queso. Es como comer un trozo de plástico, ¿sabes?

—Tienes que ponerle mayonesa —dijo Waters—. Si no le pones mayonesa al pan antes de ponerle el queso, nunca sabrá a nada.

—No lo había oído nunca —dijo Foley—. La pones por la parte de fuera, ¿verdad?

—No —dijo Waters—, por la parte de dentro, pero sigues poniéndole mantequilla por la parte de fuera. Cuando el queso se funde, es la mayonesa lo que le da sabor. Pero tienes que utilizar mayonesa de verdad, de la que está hecha con huevos, ¿sabes? Puedes usar esa otra cosa que la gente dice que es mayonesa pero es aliño de ensalada. También puedes utilizar eso, pero el sabor no será el mismo. Creo que el aliño escalda la lengua o algo así. En cualquier caso, no sabe bien.

—De todos modos, en Rexall's no tienen esos refinamientos —dijo Foley—. Entras, pides un sándwich de queso, tienen montones de ellos ya hechos, probablemente desde el miércoles pasado, y sacan uno con un trozo grande y gordo de ese queso naranja, joder, le echan grasa por encima, que dicen que es mantequilla pero yo no me lo creo, y van y lo funden todo junto en una plancha caliente. Mi estómago todavía intenta descomponer el mejunje en algo alimenticio. Parece un gran trozo, o dos grandes trozos, de azulejos de baño con un poco de masilla en medio. Servido caliente. Si me pongo malo, tendréis que darme una pensión.

—Llevas demasiado tiempo viviendo del dinero de las dietas, me parece —dijo Waters—. Vosotros, hijos de puta, ya no coméis nada si no os sirven en el Playboy Club. ¿Trabajo de incógnito? ¡Y una mierda! ¿Crees que no sé que os invitáis a almorzar los unos a los otros? Joder. Más te valdría hacer de vez en cuando la ruta del Joe and Nemo. Al fin y al cabo, ahí es donde están los delincuentes. Esos tipos no frecuentan esos locales de clase alta que siempre veo en los comprobantes de la comida, donde un trozo de carne cuesta nueve pavos. Están en los locales baratos, donde comerías tú si tuvieras que pagártelo de tu bolsillo.

—En cualquier caso —dijo Foley—, no se presentó. Así que me quedo allí sentado, y la camarera no deja de mirarme, y me tomo una Coca-cola y empieza a dolerme la vejiga, ¿sabes? Así que pago y salgo, salgo a la calle, pero no estoy demasiado preocupado. Al fin y al cabo, dijo que a lo mejor no se presentaría. Así que me despido de quince céntimos y compro el *Record*, ¿y qué leo? Pues leo que a los tipos a los que quiere delatar los han pillado esta mañana en Lynn. Así que eso explica muchas cosas.

—Uno de ellos murió —dijo Waters—. Goodweather. Creo que tenía pensado liarla gorda.

—Sí —dijo Foley—. Tengo que hablar con Sauter de eso y pedirle disculpas. No creía que fuera tan buen tirador. ¿De qué los acusan?

—De allanamiento de morada, en el juzgado de distrito —respondió Waters—. Supongo que el gran jurado presentará una mejor variedad de cargos. Veamos, dos homicidios, tres atracos, allanamiento de morada de tres bancarios, tráfico de armas probablemente, robo de coches, conspiración. ¿Me he dejado algo?

—Blasfemia —dijo Foley—. Siempre he querido acusar a alguien de blasfemia.

—Y ahora, ¿qué pasa con tu amigo el de los nudillos? —preguntó Waters.

—Pues parece que irá a la cárcel —dijo Foley—. A New Hampshire no le basta con que nos haya ayudado a pillar a Jackie Brown y no creo que tenga nada más para hacer el trueque.

—Oh, vaya —dijo Waters—. Qué dura es la vida.

28

Coyle llegó al local de Dillon poco después de las tres y media de la tarde. Ocupó un taburete, levantó la mano derecha y la bajó otra vez.

Dillon le sirvió un chupito doble de Carstairs y llenó una jarra de cerveza de barril.

—¿Estás ganando dinero? —le preguntó mientras le ponía las bebidas delante.

Coyle se tomó el Carstairs de un trago y luego bebió un poco de cerveza.

—Yo no lo diría exactamente así —comentó—. En realidad, si me lo preguntaras, te diría que no estoy teniendo un buen día.

—Eh, ¿por qué? —preguntó Dillon.

—Ya has oído lo que pasó en Lynn —dijo Coyle.

—Eso ha sido muy duro —dijo Dillon—. Me han dicho que el chico, el que murió, estaba muy bien relacionado en Providence, ¿sabes?

—Yo no he oído eso —dijo Coyle—. Ponme un poco más de whisky. —Mientras Dillon se lo servía, Coyle siguió hablando—: Pero debe de ser lo único que no he oído. No me sorprende.

—¡Joder! —dijo Dillon—. Claro que no has tenido nada que ver. Por lo que me han dicho, eran todos personas libres, blancas y mayores de edad. Sabían dónde se metían. Eran tipos duros.

—Sí —asintió Coyle—. Desde luego, para Artie Van esto será el final. Y para Jimmy también, ya puestos. Por otro lado, ¿cuánta gente sale a la calle con un homicidio en primer grado, eh? Aunque no tuvieran antecedentes. Y los tienen.

—Bueno —dijo Dillon—, tienes que verlo con filosofía, ¿sabes? A veces se gana y a veces se pierde. ¿Cuánto ganaron? ¿Un cuarto de millón en un mes? Si trabajas a ese ritmo, pondrás furiosa a la pasma. Tenía que pasar. Y cuando pasa... Bueno, qué carajo, mataron a dos tíos, ¿no? Cuando eso pasa, te cae todo el paquete encima, no se admiten devoluciones.

—Sí —dijo Coyle—, pero los traicionaron. Eso es lo que me preocupa, creo. La poli los esperaba en esa casa. Es evidente que alguien los delató, joder. Me gustaría saber quién fue.

—Imagino que a ellos también les gustaría —dijo Dillon—. Sí, supongo que eso les preocupa.

—Conozco a Jimmy Scal —dijo Coyle—, joder, lo conozco muy bien. Bueno, maldita sea, eso ya lo sabes. Conozco a Jimmy desde... Lo conozco desde hace mucho tiempo. No me gusta nada ver cómo le cae este marrón. ¿Sabes lo que le va a pasar? Pues que no volverá a ver la luz del sol nunca más. Chupará cárcel toda su vida.

—Eso nunca se sabe —dijo Dillon—. Quizá consigan anular las pruebas. Eso puede ocurrir. Y los jurados hacen cosas raras. A lo mejor consiguen salir bien librados. Eso nunca se sabe.

—Tal vez lo consigan una vez —dijo Coyle—, pero estaban muy ocupados, ¿sabes? Dieron palos en cuatro condados. Creo que ninguno de los bancos atracados estaba en el mismo condado. Tarde o temprano, alguien los encerraría. Están todos acabados.

—Bueno, sigo diciendo que sabían muy bien dónde se metían —murmuró Dillon—. ¿Alguien lo ha lamentado por ti?

—No —respondió Coyle—. Tienes muchos huevos de preguntarme eso.

—Bueno —dijo Dillon—. Tú aguantaste, ¿no? Te comiste el marrón y no fuiste a quejarte a nadie diciendo «No ha sido culpa mía, no era mi intención, mirad, delataré a alguien más, dejadme marchar». Tú no hiciste eso. Debes tener el mismo respeto por ellos que el que ellos tienen por ti, ¿sabes? Tú te comportaste como un tipo duro, tendrías que pensar que ellos harán lo mismo.

—Yo todavía no he sido un tipo duro —replicó Coyle—. Eso llegará la semana próxima.

—Creía que eso se había terminado —dijo Dillon—. Creía que todo ese asunto se había acabado.

—Creías... —dijo Coyle—. Yo sí que estoy acabado. Me van a encerrar en Danbury, eso es lo que va a pasar.

—¿Cuánto tiempo? —inquirió Dillon.

—Mi abogado —dijo Coyle—, ese magnífico abogado que tengo, maldita sea, cree que dos años.

—Eso significa que cumplirás ocho meses —dijo Dillon—. Cumplirás una tercera parte. Y eso no te costará demasiado. En otoño, cuando Gansett abra, ya estarás fuera. Sin problemas. Y la otra noche vi que tenías dinero. Las cosas te van bien. No te lo tomes tan a pecho, carajo.

—No puedo evitarlo —dijo Coyle—. Todavía me siento mal. Ese Scal tiene muchos huevos, ¿sabes? Van, no lo sé, pero conozco a Scal y es un buen tipo. Lo siento por él, de veras. Le va a caer cadena perpetua como mínimo.

En el otro extremo de la barra, un hombre se puso en pie y respondió al teléfono.

—Es para ti, Dillon —gritó.

—Ahora vuelvo —dijo Dillon—. De paso, ¿quieres que te traiga otro lingotazo?

—Sí —respondió Coyle—. Y también tomaré otra cerveza.

Dillon observó a Coyle, sentado a la barra, mientras hablaba por teléfono.

—Sí, sé quién es —dijo—. Lo curioso del caso es que ahora mismo está aquí. Montando un gran numerito, diciendo lo mucho que lo lamenta, lo mucho que le cabrea la forma en que los delataron. Casi tanto como para hacer que me enfurezca. No, no tanto como para eso. Mira, esta tarde haz venir a un hombre con un sobre. Veré qué puedo hacer. Sí, tal vez esta noche, pero no prometo nada. Todavía tengo que conseguir un coche. Sí, ya tengo conductor. El dinero primero. El dinero por delante. Tú traes el dinero y yo veré lo que puedo hacer.

Dillon se acercó a Coyle y le puso los vasos llenos delante.

—Escucha —dijo Dillon—, si no andas con cuidado, vas a pisarte la lengua de tanto hablar. El que llamaba era un amigo mío que dice que esta noche no puede ir al partido de los Bruins, así que podrías olvidarte de los problemas y acompañarme. ¿Qué te parece? Iremos a cenar, yo me tomaré la noche libre, y veremos un buen partido. Contra los Rangers. ¿Qué dices?

—Suena bien —respondió Coyle.

—Pues claro que sí —dijo Dillon—. Ven sobre las seis o así. Te diría que te quedases, pero, al ritmo que vas, si te quedas aquí mucho rato más, no estarás en condiciones de ver el partido. Tomaremos un poco de vino, comeremos un bistec y luego iremos al estadio. Te garantizo que esta noche, cuando vuelvas a casa, no te quedará ni una sola preocupación.

—Lo haré —dijo Coyle—. Voy a llamar a mi mujer.

—Eh, tío —dijo Dillon—, ¿por qué no te olvidas de eso por una vez, vale? Nunca se sabe, quizá encontremos algo interesante y no quieras volver a casa. ¿Por qué tienes que decírselo?

—Tienes razón —asintió Coyle—. Tengo muchas cosas que hacer. Nos veremos sobre las seis.

A las cinco y cuarto, un chico con jersey negro de cuello alto y chaqueta de ante entró en el local de Dillon y preguntó por él. Le tendió un sobre comercial, un sobre que abultaba lo suyo.

—¿De acuerdo? —le dijo.

—De acuerdo, ¿qué? —replicó Dillon.

—¿De acuerdo? —dijo el chico—. Solo di que estás de acuerdo.

—Si estoy de acuerdo, a ti eso no te importa. Y si no lo estoy, tampoco, así que piérdete.

29

En el transcurso de la noche, Coyle tomó varias copas. Bebió cerveza con Dillon durante el primer periodo del partido. Bobby Orr pasó por detrás de la portería de los Bruins y regateó a tres Rangers dejándolos sentados. Se plantó delante de la meta de New York, fintó fingiendo que tiraba abajo y a la izquierda, disparó alto y a la derecha, y Coyle, junto con Dillon y catorce mil novecientos sesenta y cinco más, se levantó del asiento para expresar a gritos su entusiasmo. El locutor dijo «Gol de Orr, el número cuatro». Sonó otra ovación.

Al lado de Coyle había un asiento vacío.

—No entiendo dónde demonios está —dijo Dillon—. ¿Sabes ese amigo mío del que te hablaba? Me dio sus dos entradas. Yo he invitado al sobrino de mi mujer. No entiendo dónde está. Al chaval le encanta el *hockey*. No entiendo cómo sigue en la escuela, porque siempre está aquí, gorreando entradas. Tiene veinte años, pero es un chico listo.

El chico llegó durante el descanso de entre el primer y el segundo periodo. Se disculpó por el retraso.

—He ido a casa —dijo— y he recibido el mensaje,

pero luego he tenido que pedir un coche prestado. Creí que iba a perderme el partido, maldita sea.

—¿Y no podías venir en el tranvía o algo así? —preguntó Coyle.

—Hasta Swampscott no, joder —respondió el chico muy serio—. Pasadas las nueve de la noche, es imposible llegar a Swampscott. De veras.

—Eh —dijo Dillon—. ¿Quién quiere una cerveza?

—Yo quiero una cerveza —dijo Coyle.

El chico tomó cerveza y Dillon también bebió una.

En el segundo periodo, los Rangers abrieron el marcador con un gol a Cheevers. Sanderson fue expulsado por juego duro. Sanderson volvió a entrar. Esposito fue expulsado por dar un codazo. Sanderson dio un pase de gol a Dallas Smith mientras estaban en inferioridad numérica y Orr dio un pase a Esposito, que pasó la pastilla a Bucyk para que marcara otra vez.

Entre el segundo y el tercer periodo, a Coyle le costó seguir la conversación de Dillon con el sobrino de su mujer. Coyle fue al retrete. Cuando se levantaba, Dillon le comentó que preguntara si le apetecía una cerveza a alguien. Coyle volvió con tres cervezas, que sostenía cuidadosamente delante de sí. Tenía una mancha de cerveza en los pantalones.

—Con una multitud así, es difícil no derramarla —dijo.

—En las gradas no se puede beber cerveza —dijo el chico.

—Escucha —replicó Coyle—. ¿Quieres cerveza o no?

Durante el tercer periodo, los Rangers marcaron otro gol. Sanderson fue expulsado cinco minutos por una pelea. Los Bruins ganaron. Tres a dos.

—Es una maravilla —dijo Coyle—. Una maravilla. ¿Te imaginas estar en la piel de ese chico? ¿Cuántos años tiene? ¿Veintiuno? Es el mejor jugador de *hockey* del mundo. Dios, el número cuatro, Bobby Orr. ¡Qué futuro le espera!

—Oh, escucha —dijo Dillon—. Se me había olvidado decírtelo. He quedado con unas chicas.

—Jesús —dijo Coyle—. No sé. Es bastante tarde.

—Vamos —dijo Dillon—. Corrámonos una juerga, esta noche.

—Eh —dijo el chico—, yo no puedo. Tengo que devolver el coche. Tengo que ir a casa.

—¿Y tú? —preguntó Dillon a Coyle—. ¿Dónde tienes el coche?

—Lo dejé en Cambridge —respondió Coyle—. Desde allí fui a tu bar en tranvía y no volví a recogerlo.

—Mierda —dijo Dillon—. O sea, esas chicas están muy bien, pero va a ser imposible. Es que están en Brookline, ¿sabes?

—Escuchad una cosa —dijo el chico—. Yo puedo llevaros hasta su coche y luego irme a casa. Mañana tengo un examen, así que no puedo trasnochar mucho.

Tomaron una copa en la taberna del Boston Garden mientras esperaban a que el tráfico disminuyera. Cuando salieron, a Dillon le costaba caminar recto. A Coyle le costaba todavía más. Trastabillaron en las vías del tranvía.

—Vaya par de viejos cabrones —dijo el chico—, no sé qué sería de vosotros sin la ayuda de la juventud.

El chico tenía un sedán blanco, un Ford Galaxy de 1968. Abrió la puerta delantera del pasajero. Dillon y Coyle se quedaron plantados, tambaleándose.

—Escucha —dijo Dillon—. Tú montarás delante. Yo iré detrás, ¿de acuerdo?

Dillon montó y se sentó detrás del conductor. Coyle apoyó la cabeza en la parte superior del asiento. Respiraba con dificultad.

—¿Seguro que estarás en condiciones de conducir? —le preguntó Dillon.

—Oh, sí —dijo Coyle con los ojos cerrados—. En perfectas condiciones. No hay problema. Por el momento, está siendo una noche estupenda.

—Y lo que queda —dijo Dillon.

Bajó la mano al suelo y palpó a tientas. En la alfombrilla del pasajero trasero de la derecha, encontró un revólver mágnum Arminius del 22, con el cargador lleno. Lo cogió y se lo puso en el regazo.

—No sé dónde queréis que vaya —dijo el chico, que salía marcha atrás pasando por encima de las vías.

—Díselo tú —Dillon le dijo a Coyle.

Coyle contestó con un ronquido.

—Da la vuelta por la parte delantera del estadio —dijo Dillon—. Sigue recto hasta las oficinas del Registro y dirígete hacia la autopista Monseñor O'Brien, en caso de que se despierte. Ahora, conduce.

—Sé de qué va todo esto —dijo el chaval.

—Bien —dijo Dillon—. Me alegro de oírlo. Tú conduce. Si estuviera en tu lugar, iría a Belmont y escogería carreteras en las que pudiera correr mucho sin despertar sospechas. Saldría por la Ruta 2 y buscaría un Ford descapotable gris en el aparcamiento de las boleras de West End. No permitiría que nada me molestase. Cuando llegase a las boleras, aparcaría al lado del Ford y me apearía y montaría en el Ford y esperaría a que yo llegase. Entonces, volvería a Boston.

—Alguien ha dicho algo sobre no sé qué dinero —dijo el chico.

—Si estuviera en tu lugar —dijo Dillon—, me centraría en buscar ese descapotable. Llevaría ese descapotable de vuelta a Boston, me dejaría a mí allí y, si estuviera en tu lugar, antes de abandonar ese coche en el barrio de los negratas miraría en la guantera a ver si hay mil pavos.

—¿Habrá lío? —dijo el chico.

—¿No amanece todos los días? —replicó Dillon.

Cuando cruzaron el río y llegaron a Cambridge, el tráfico se hizo mucho más fluido. Se dirigieron hacia el norte, siguiendo los indicadores de la Ruta 91. Cuando ya llevaban unos cinco kilómetros circulando por ella, iban a cien por hora.

—Tendrás que salir muy pronto —dijo Dillon.

—Lo sé, lo sé —dijo el chico.

Cuando el Ford estuvo solo en la carretera, Dillon levantó el revólver y lo sostuvo a un par de centímetros de la cabeza de Coyle, apuntándolo con la boca del cañón en la nuca, detrás de la oreja izquierda. Dillon amartilló el arma. El primer disparo entró perfectamente. Dillon siguió disparando, esta vez sin amartillar. Finalmente, el revólver hizo clic en una recámara vacía. Coyle se desplomó contra la carrocería, entre las puertas del Ford. El velocímetro marcaba ciento treinta kilómetros la hora.

—Más despacio, estúpido de mierda —dijo Dillon—. ¿Quieres que te detengan o algo así?

—Me he puesto nervioso —dijo el chico—. Han sido muchos tiros.

—Han sido nueve —dijo Dillon.

El coche olía a pólvora.

—Han sonado muy fuerte —dijo el chico.

—Por eso uso uno del 22 —explicó Dillon—. Si hubiera disparado uno del 38 aquí dentro, te habrías salido del camino.

—¿Está muerto? —inquirió el chico.

—Si no lo está ahora, no lo estará nunca —respondió Dillon—. Ahora, reduce y sal de esta carretera.

La bolera estaba a oscuras. El chico detuvo el sedán junto al Ford descapotable.

—Eh —dijo—, con tan poca luz, se parece mucho a este coche.

—Vas aprendiendo —dijo Dillon—. Esa es la idea. La poli ha estado viendo ese coche toda la noche. Ahora van a ver otro que parece el mismo. No lo registrarán hasta dentro de un par de horas. Ayúdame a meterlo aquí abajo.

Apretujaron a Coyle en el suelo del asiento del acompañante. Se apearon del Ford.

—Ciérralo —dijo Dillon—. Eso mantiene alejados a los voluntarios.

Montaron en el descapotable. Arrancó a la primera.

—No está nada mal este coche —dijo Dillon—. Y ahora, vuelve a Memorial Drive y cruza el puente de Massachusetts Avenue. Tengo que deshacerme de este revólver.

30

Con cara de póquer, Jackie Brown, de veintisiete años, estaba sentado en la primera fila, detrás del estrado del Juzgado Cuarto del Tribunal Federal de Distrito de Estados Unidos, Estado de Massachusetts.

El secretario anunció el caso 7.421 D, los Estados Unidos de América contra Jackie Brown. El alguacil le indicó que se pusiera en pie.

También se levantó el hombre que estaba al otro lado del estrado.

—Vamos a proceder a la lectura del auto de acusación, señoría —dijo—. El acusado está presente con su abogado.

—Jackie Brown —dijo el secretario—, está usted acusado de cinco delitos de tenencia ilícita de armas de guerra. ¿Cómo se declara de estos delitos? ¿Culpable o no culpable?

Foster Clark, abogado del acusado, se puso en pie despacio.

—No culpable —dijo en un ronco susurro.

Jackie Brown miró a Foster Clark con desprecio.

—No culpable —dijo.

—Fianza —dijo el juez.

—El acusado quedó en libertad después de depositar una fianza de diez mil dólares —dijo el fiscal—. La Fiscalía recomienda que se mantenga la misma fianza.

—¿Algo que objetar? —preguntó el juez.

—Nada —respondió Foster Clark.

—¿Visto para juicio? —preguntó el juez.

—La Fiscalía así lo considera.

—Al acusado —dijo Foster Clark— le gustaría contar con veinte días para presentar alegaciones.

—Moción aceptada —dijo el juez, consultando su calendario—. El caso se verá el 6 de enero. ¿Cuánto tiempo calcula la Fiscalía que nos ocupará el juicio?

—Tenemos nueve testigos —respondió el fiscal—. Dos días, dos días y medio, tal vez.

—Se levanta la sesión —dijo el juez.

En el pasillo del Juzgado Cuarto, Foster Clark abordó al fiscal.

—Me pregunto si realmente debemos ir a juicio —dijo.

—Bueno —respondió el fiscal—, eso depende. El caso está claro como el agua. Si es a eso a lo que te refieres. El chico no tiene ninguna posibilidad.

—Me pregunto si no podríamos llegar a un acuerdo —dijo Clark—. No he tenido la oportunidad de hablar con él, pero, de todos modos, me lo estaba preguntando.

—Pues habla con él —dijo el fiscal—. Averigua qué piensa hacer y llámame.

—Imagina que habla —dijo él—. ¿Qué recomendarías?

—Mira —dijo el fiscal—, ya sabes que no puedo responder a eso. Nunca sé lo que el jefe va a querer de mí, así que no nos engañemos. Supongo que..., supongo que, si se declara culpable, pediremos un poco de cárcel y, si no lo hace, mucha.

—Por Dios —dijo Clark—, queréis meter a todo el mundo en la cárcel. Es un chico joven. No tiene antecedentes. No ha hecho daño a nadie. No ha comparecido ante un juez en su vida. Por no tener, no tiene ni una multa de tráfico, por el amor de Dios.

—Eso ya lo sé —dijo el fiscal—. También sé que conducía un coche que cuesta cuatro de los grandes y que tiene veintisiete años y que no hemos encontrado sitio alguno en el que haya trabajado. Es un traficante de armas experimentado, eso es lo que es. Si quisiera, podría delatar a la mitad de los criminales y a un cuarenta por ciento de miembros de las bandas de este distrito, pero no quiere. Es un tipo leal. Los tipos leales pasan tiempo en la cárcel.

—Entonces, tiene que hablar.

—No —dijo el fiscal—, no tiene que hacer un carajo salvo decidir qué le apetece más, hablar y darnos a alguien importante, o ir a Danbury a rehabilitarse.

—Una decisión dura de tomar —dijo Clark.

—Es un chico duro —dijo el fiscal—. Escucha, dejémonos de monsergas. Ya sabes lo que tienes. Tienes a un tipo duro. Hasta ahora ha tenido mucha suerte y nunca lo han pillado. Y también sabes lo que yo tengo. Lo tengo bien pringado. Has hablado con él. Le has dicho que se trataba de hablar o chupar cárcel y él te ha dicho que te vayas a tomar por culo o algo por el estilo. Así que ahora tienes que ir a juicio porque no se declarará culpable sin un trato que lo ponga en la calle y yo no hago ese tipo de tratos con traficantes de ametralladoras que no quieren darme nada a cambio. Así que juzgaremos a este, nos llevará dos o tres días y será condenado. Entonces, el jefe dirá que pida tres o cinco años y el juez le impondrá dos o tal vez tres, y tú recurrirás y digamos que, para el aniversario de Washington, el chico se entregará a la policía y lo encerrarán un tiempo en Danbury. Y en el plazo de un año, o un año y medio, estará en la calle, joder. No se está jugando una condena de veinte años.

—Y al cabo de otro año, más o menos —dijo Clark—, volverá a estar en chirona otra vez, aquí o en otro sitio, y yo estaré hablando con otro hijo de puta, o quizá de nuevo contigo, y lo juzgaremos otra vez y volverá a salir libre. ¿No se termina nunca esta mierda? ¿Es que en este mundo las cosas no cambian nunca?

—Eh, Foss —dijo el fiscal, tomando a Clark por el hombro—, pues claro que cambian. No te lo tomes tan a pecho. Algunos mueren, los demás envejecemos, llega gente nueva, los antiguos se marchan... Las cosas cambian todos los días.

—Pero apenas se nota —dijo Clark.

—Eso, sí —asintió el fiscal—. Apenas.

«El crimen hace iguales a todos los contaminados por él.»
MARCO ANNEO LUCANO

Desde LIBROS DEL ASTEROIDE queremos agradecerle el tiempo
que ha dedicado a la lectura de *Los amigos de Eddie Coyle*.
Esperamos que el libro le haya gustado y le animamos
a que, si así ha sido, lo recomiende a otro lector.

Al final de este volumen nos permitimos proponerle
otros títulos de nuestra colección.

Queremos animarle también a que nos visite
en www.librosdelasteroide.com y en Facebook, donde encontrará
información completa y detallada sobre todas nuestras
publicaciones y podrá ponerse en contacto con nosotros
para hacernos llegar sus opiniones y sugerencias.
Le esperamos.

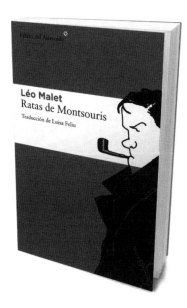

Léo Malet
Ratas de Montsouris
Traducción de Luisa Feliu

«Es un fundador, el padre de la novela negra francesa, y sus novelas fueron toda una revolución, que es lo que cabía esperar de un anarquista de corazón.»
José María Guelbenzu (El País)

«Malet es un maestro del género negro.»
La Repubblica

«Un gran novelista de París.»
Ramón Vendrell (El Periódico)

«*Un matrimonio feliz* debería estudiarse en los talleres
literarios en que se suele insistir en los conceptos
teóricos de trama, punto de giro, desenlace, etcétera.
Porque Yglesias ha manejado la información de tal
manera que acaba pareciéndonos que la vida solo
pueda contarse así, con forma clásica de gran
historia novelada.»
Enrique de Hériz (El Periódico)

«Al parecer Rafael Yglesias se ha servido de experiencias
propias. A su conocimiento del dolor ha sumado
alquimia verbal, talento, sagacidad e inteligencia.
El resultado es una novela extraordinaria, una
obra compuesta para el lector más exigente.»
Francisco Solano (Babelia)

A*

978-84-92663-44-6